€ 3,-

W40 / R07

MANESSE  BÜCHEREI

6

Ein schönes
    Ostefest
wünschen
        Henry u. Christiane!

Dresden, im April 1992

Sarah Kirsch
Die ungeheuren bergehohen
Wellen auf See

Erzählungen aus der ersten Hälfte

meines Landes

Mit einem Nachwort von Jens Jessen

Manesse Verlag

Zürich

Inhaltsverzeichnis

Merkwürdiges Beispiel
weiblicher Entschlossenheit (1971)   7
Die ungeheuren bergehohen
Wellen auf See (1972)   25
Scilla bifolia (1969)   33
Der Schmied von Kosewalk (1970)   34
Die helle Straße (1968)   46
Blitz aus heiterm Himmel (1972)   53
Ein anderes Leben (1969)   73
Schweinfurter Grün oder
Wir Privilegierten (1973)   84
Jagdzeit (1975)   85

Nachwort   91

Merkwürdiges Beispiel
weiblicher Entschlossenheit

Frau Schmalfuß war 28 und hatte immer noch kein Kind. Das hatte folgende Gründe:

Eine landläufige Meinung besagt, jede Frau habe sechs kleine Schönheiten. Diese Aussage scheint statistisch nicht ungesichert, trifft aber, wie alle statistischen Aussagen, nicht auf jeden Einzelfall zu. Frau Schmalfuß verfügte über vier Schönheiten: 1. schräggeschnittene Augen, deren äußere Winkel sich bis unter den Haaransatz zogen, 2. Hände, die gemalt zu werden verdient hätten, 3. ein Hinterteil hübscher ausgewogener Rundung, 4. die Beine. Leider endeten die Beine rechtwinklig in langen, breiten, flachen (nicht platten) Füßen. – Obwohl die vier Schönheiten, jede einzeln, den Neid mancher Geschlechtsgenossin hervorzurufen geeignet waren und ab und an ihn auch hervorriefen, war doch ihre gegenseitige Zuordnung derart ungünstig und die Entfernung der einen Schönheit von der anderen so beträchtlich, daß die störenden Elemente zwischen ihnen sie verdunkelten und die Blicke abstießen, die, wenn sie länger verweilt hätten, der Schönheiten innegeworden wären. Deshalb hatte Frau Schmalfuß zeit ihres Lebens mit keinem Manne näheren Umgang anknüpfen können.

Die Vorzüge eines Menschen müssen nicht ausschließlich physischer Natur sein. Frau Schmalfuß bekam die Achtung, die Kollegen und Mitarbeiter ihr für ihre Arbeitsleistung und ihr kollegiales Verhalten zollten, regelmäßig zu spüren. In der Kantine hieß es: Alle Achtung, wie die sich zusammennimmt! Oder: Der wäre etwas mehr Glück zu gönnen gewesen! Manchmal, in unbewachten Augenblicken, an Sommerabenden auf dem Heimweg oder unter der Dusche, gestand sie sich, weniger Achtung wäre ihr lieber; einmal, sie ging durch die Schrebergärten, beschimpfte hinter einer Fliederhecke ein offensichtlich angetrunkener Alter seine Frau: Mit der hätte sie, für den Bruchteil einer Sekunde, tauschen mögen. Aber sie hatte sich fest in der Hand und suchte das Glück in der Arbeit. In ihrem Korridor hingen Urkunden, die sie als Sieger in Wettbewerben, Aktivistin und Teilnehmerin mehrerer Lehrgänge auswiesen. Der Umstand, daß sie unbemannt und noch ohne Kinder war, ließ sie ihren Kollegen, ohne daß sie es sich lange überlegt hätten, besonders geeignet erscheinen, sie in haupt- und ehrenamtlichen Funktionen zu vertreten. Bei allen gesellschaftlichen Anlässen hörte man ihren Namen nennen, sie Auskunft geben, und auf den Betriebsweihnachtsfeiern beschenkte sie seit vielen Jahren als Knecht Ruprecht die Kinder der verschiedenen Abteilungen.

Sie erfüllte alle ihr aufgetragenen Aufgaben gewissenhaft und ohne für sich einen Vorteil herauszuschlagen.

Im März des vergangenen Jahres zog sie ihren weiten Kamelhaarmantel an, den sie trug, wenn sie im Namen des Frauenausschusses Wöchnerinnen besuchte, und fuhr mit der Linie 17 in die Vorstadt. Als sie sich des Päckchens entledigt hatte, selbstgestrickte winzige Handschuhe beigab und wieder auf dem schmalen Zementweg stand, der zwischen Häusern und Gärten sich durchfädelte, war sie eigenartig bewegt. Die Schneeglöckchen schaukelten, die Schwertlilien hoben die Erde an, den kahlen Bäumen rann das Wasser die Stämme entlang, schwarze Wolken rasten im Wind auf die Antennen zu, und mitten in dieser aufgewühlten fröhlichen Landschaft hätte sie gern einen kleinen weißen Kinderwagen gesehen und sich selbst als seine Fahrerin gefühlt: mit noch geschwächten Knien von der vorangegangenen Entbindung, mit einem wohlig schmerzenden Rücken, seis nun vom Stillen oder dem täglichen Wäschewaschen.

Solche Bilder stellten sich von der Zeit an öfter vor ihre Augen. Sie schaute in jeden Kinderwagen und war einerseits befriedigt, wenn so ein ganz Kleines tief unten, in seiner Höhle geschützt, nur zu vermuten war, andererseits ärgerte es sie, daß sich der Gegenstand ihrer Neigung so vor ihr verbarg. Als sie sich ihres Zustandes, welcher ja nur ein psychischer und kein physischer war, so recht bewußt wurde, beschloß sie, etwas für sich zu unternehmen. Sie stellte die These auf, nach der sie geradezu verpflichtet war, der Gesellschaft persönlich noch nützlicher als bisher zu sein. Ich verdiene gut, rechnete sie sich vor, ich habe eine moderne, gut eingerichtete Zweizimmerwohnung, mehrere große Reisen, einmal ins befreundete Ausland, oftmals unternommen – es wäre verantwortungslos, weiterhin so eigennützig durchs Leben zu gehen. Ja, ein Kind wollte sie haben.

9

An Heirat dachte Frau Schmalfuß nicht. Hatte sie bisher niemanden zu solch einem Schritt veranlassen können, wie sollte es ihr jetzt gelingen, wo die erste Jugend hinter ihr lag, sie ein selbständiger Mensch geworden war und durch das lange Alleinsein Eigenheiten angenommen hatte, die nicht mehr abzustreifen und einer Ehe sicherlich abträglich gewesen wären. Aber sie ließ eine ganze Anzahl Männer an ihren schönen schräggeschnittenen Augen vorbeidefilieren, alle, die sie kannte im zeugungsfähigen Alter und denen sie wegen ihres Fleißes und aufrechten Verhaltens viel Achtung entgegenbrachte. Die Siegespalme erhielt Friedrich Vogel, der Meister in der Gießereiabteilung. Er war unverheiratet und von sehr angenehmer Gestalt. Da brauchte sie also keinen Ehebruch zu betreiben, obwohl der gesellschaftliche Anlaß sie ihrer Meinung nach auch dazu berechtigt hätte, da konnte sie gewiß sein, ihrem künftigen Kinde nach bestem Wissen und Gewissen einen Vater mit überdurchschnittlichen charakterlichen und körperlichen Eigenschaften ausgesucht zu haben. Denn sie glaubte an Vererbung ebenso wie an den Einfluß einer sozialistischen Umwelt auf das Kind, das sie eben sozusagen auf das Reißbrett projizierte.

Nicht ohne Bedeutung für ihre Wahl war die Tatsache, daß Friedrich Vogel ein Holzbein trug. Er hatte sich so in der Gewalt, daß er umherlief wie jeder andere Mensch seines Alters, auch wenn die Witterung umschlug und Schmerzen verursachte, und selbst wenn es zur Bildung von Glatteis kam. Die Prothese war kein Mangel in ihren Augen, eher das

Gegenteil, aber sie versprach sich von ihr Erleichterungen bei der Durchführung ihres Planes.

Sie beschloß, keine geldlichen und ideellen Ansprüche an den Vater ihres Kindes zu stellen. Der Sohn oder die Tochter würde von ihr erzogen werden, und sie erwog, dem Kind eine glaubhafte Geschichte zu erzählen, die Abwesenheit des Erzeugers zu begründen. Vielleicht war er einem Autounfall zum Opfer gefallen? Oder hatte ihn als Grenzsoldat eine feindliche Kugel getroffen? Aber es gab ja viele Familien, die nur aus Mutter und Kind bestanden. Und warum sollte Friedrich Vogel nicht eines Tages – die Jugendweihe wäre der gegebene Anlaß – auf der Bildfläche erscheinen und dem Kinde eine wertvolle Armbanduhr schenken?

Ja, das war die Lösung. Denn Frau Schmalfuß klopfte das Herz, wenn sie daran dachte, den Kindesvater, wenn auch mit Worten, unter ein Auto zu stoßen oder ihn gar einem feindlichen Anschlag auszusetzen. Sie hatte sich mit Friedrich Vogel dermaßen eindringlich beschäftigt, daß ihr ganz warm und eng in der Brust wurde, wenn sie an ihn dachte. Und obwohl noch kein Stück ihrer prognostischen Überlegungen in die Tat umgesetzt war, begann eine Zeit mit fröhlichen Augen am Tage und wunderlichem Traumzeug bei Nacht. Sie, die bisher nach all der Arbeit und den gesellschaftlichen Aufgaben am Abend traumlos in die Kissen gesunken war und ohne viel Federlesens einfach schlief und wieder aufstand, träumte nun seltsame Landschaften und Zimmer mit Treppen. Morgens versuchte sie sich zu erinnern, den angenehmen Zustand des Traums zu erhalten – aber was war das eigentlich alles gewesen? Eine riesige Pappelallee, mächtige Ständer – doch zu dieser Deutung fehlten ihr alle Voraussetzungen, und eigentlich lag sie ihr fern. Sie wunderte sich also und vergaß den Anblick.

Nun mußten Taten folgen. Frau Schmalfuß kaufte sich eine Kollektion bunter Tücher, wand sich jeden Tag ein anderes um den Kopf und ließ sich in der Gießerei sehen. Die Kranführer pfiffen, sie stieg durch Nebel und Hitze, allerlei Schreibkram bei sich führend, und stellte Friedrich Vogel in der Kernmacherei. Sie setzten sich vor den Formsand und besprachen Angelegenheiten der Gewerkschaft. Frau Schmalfuß ließ durchblicken, daß sie gern mit dem Vogel über eine andere gesellschaftlich hart anstehende Sache geredet hätte, aber nicht hier bei dem Krach. Wo? fragte Friedrich Vogel, vielleicht zu Hause bei mir? Wir sind ungestört und können einen Schlehen-Wodka trinken. Er hatte einen Scherz machen wollen. Ihr Kopftuch bauschte sich so abenteuerlich über den schrägen Augen, Mäander liefen den Hals hinab, und schwarze Rauten erinnerten ihn an irgendwas Heiteres. Aber: Abgemacht! sagte Frau Schmalfuß, ich bin auch mal froh, den Betrieb nicht zu sehen, und brachte die schönen Hände zur Geltung.

Die Verabredung war getroffen, zu abendlicher Stunde, das könnte ihrem Plan vorteilhaft sein. Wie sollte sie aber vorgehen? Mit welchen Worten das Anliegen nennen? Sollte sie einfach dem Wodka, dem Vogel Schlehen beigab, vertrauen? Das wäre unkolle-

gial, es half nichts, sie würde eine Erklärung abgeben
müssen.

In den Tagen vor der Verabredung ging Frau Schmalfuß doch sorgenvoll ihrer Arbeit nach, unterzog den
Kleiderschrank einer eingehenden Prüfung, brachte
einen Rock in die Schnellreinigung, kaufte einen
roten Pullover. Und jeden Abend vor dem Einschlafen legte sie sich die Worte für Friedrich Vogel zurecht, die sie morgens wieder verwarf.

Sie wollte die Entstehung ihres Kindes keinem Zufall
überlassen, andererseits fühlte sie sich nicht beredt
genug, Friedrich Vogel an einem Abend zu überzeu-
gen. Und wenn er wiederkäme? Daran verbot sie sich
zu denken, für drei Leute war die Wohnung zu klein.
Aber im Betrieb sähe sie ihn jeden Tag – ach Unsinn,
sagte sie sich, und daß es nur darauf ankäme, alles
richtig darzustellen, das würde jede Peinlichkeit ver-
meiden.

Der Abend, es war der eines Mittwochs, kam heran.
Sie zog doch nicht den vorgenommenen Rock, den
neuen Pullover, sondern ein leichtes frauliches Woll-
kleid an. Sie nahm den Mantel und die Tasche über
den Arm und erreichte die Vogelsche Wohnung zu
Fuß.

Ein kleiner Flur, rechts die Küche, gradaus die Tür in
das Zimmer. Die Möbel gehörten einem Typensatz
an, der Sessel, zu dem Vogel sie geleitete, trug einen
schwarzgelben Bezug. Friedrich war in die Küche
gegangen. Sie sah die Wände entlang: eine Menge
Bücher, Amundsen, das Eisbuch, Humboldts Reisen
– das Kind würde wahrscheinlich ein Junge werden –,

und dazwischen aus Stroh geklebte Bilder, Schiffe und Palmen auf schwarzem Untergrund. Ihr Gastgeber kam mit einem Tablett und dampfenden Teegläsern zurück. Ja, die Bilder stelle er selbst her. Strohhalme würden eingeweicht, gespalten, geplättet und zu den gewünschten Motiven verklebt. Er ging zu einem Schrank mit vielen Schubladen. Er öffnete die oberste, entnahm ihr ein Bild und gab es Frau Schmalfuß. Unter dem Glas türmte sich diesmal sehr helles Stroh zu massiven Gletschern, das Meer war gefroren, der Untergrund zog schwarze Risse durchs Eis. Mühsam schien sich ein Eisbrecher (eine schwere Maschine aus dunklem Stroh) doch vorwärts zu wälzen, und über den Gletschern klebte eine rote tintige Sonne.

Hier habe ich Trinkhalme aus Kunststoff genau wie das Stroh behandelt, erklärte Friedrich Vogel, beim Plätten muß man sehr vorsichtig sein. Das Bild vom Eisbrecher wurde ihr zum Geschenk, und sie nahm es als gutes Omen. Später würde sie dem Jungen erzählen: Auf solch einem Schiff am Nordpol verrichtet dein Vater schwere, verantwortungsvolle Arbeit, von Eisbären umgeben. Aber jetzt war der Vater noch nicht der Vater – Frau Schmalfuß riß sich aus ihren Träumen und verlangte einen Schlehen-Wodka. Denn sie brauchte doch eine geringfügige Unterstützung, ihr Anliegen an den Mann zu bringen. Friedrich Vogel öffnete diesmal die unterste Schublade und stellte eine Flasche auf den Tisch. Dem Tee hatten beide nur mäßig zugesprochen. Frau Schmalfuß, weil sie fürchtete, sich zu sehr aufzuregen, Friedrich Vogel, weil er ihn sowieso nur als ein Zugeständnis an den Damenbesuch betrachtet hatte.

Sie ist wirklich eine schöne Person, dachte er und sah sie von oben bis unten an. Na, wo drückt denn der Schuh? fragte er, und sie sah auf ihre Füße und fühlte, daß ihr das Blut aus der Körpermitte ins Gesicht stieg. Sie seufzte und hob zu sprechen an. In schnellem Tempo, um erst alles zu Ende zu bringen, bevor er was sagen kann. Ach Friedrich, wir kenn uns doch lange. Haben beide klein angefangn in dem Betrieb, als wir noch gar nicht für Export gearbeitet ham. Nun gehn unsre Pumpen bis nach Guinea, aber das wollte ich gar nicht sagen, ich dachte nur so, daß ich auch weit rumgekomm bin in der Welt, fast auf som großen Schiff wie dein Eisbrecher. Na ja, bis Murmansk war ich mal, und ich verdiene ja gut... Sie redete und redete und schleppte sich langsam über die Reisen, den Wohlstand, die Wohnung, die gesellschaftliche Verantwortung bis an die Stelle: ... also ein Kind müßte ich haben, und ich hab gedacht, du siehst das ein und machst das, ganz ohne Verpflichtungen, das geb ich dir schriftlich!

Friedrich Vogel war gerührt, aber doch mehr wie vom Donner. Und obwohl er Frau Schmalfuß auch nach diesem Antrag seine Achtung nicht versagte, im Gegenteil, er fand ihn moralisch, auch schmeichelten ihm die Gründe, weshalb ihre Wahl auf ihn gefallen war, so konnte er sich doch nicht verhehlen: er fühlte sich etwas überfordert. Dieser Fall hier war zu einmalig, er fand keine Beispiele, wo ähnliches geschehen war und auf die er sich hätte stützen können. Er vermißte einfach die Tradition. Er trank keinen Wodka mehr an diesem Abend, stellte bald das Fernsehgerät ein und sah mit Frau Schmalfuß einen Film über Pinguine. Weißt du, sagte er, als er die Arbeitskollegin aus der Wohnung begleitete, weißt du, ich muß mir alles gründlich überlegen. Vielleicht geht es so, wie du meinst, aber vielleicht auch anders. Gib mir ne Woche Bedenkzeit. Nächsten Mittwoch sag ich Bescheid.

Tage vergingen. Frau Schmalfuß las in Taschenbüchern über die schmerzarme Geburt nach und sah dem Mittwoch mit Spannung entgegen. Vogels freundliche, verständnisvolle Worte hatten sie fröhlich gemacht und ließen sie an die Ausführbarkeit ihres Planes glauben. Aber am Mittwoch sah sie Vogel nicht, am Donnerstag auch nicht, am Freitag ging sie in die Kernmacherei. Den Friedrich fand sie nicht, der stand auf dem Schrottplatz, der ging über den Gleiskörper, lud Stahlbarren aus, der saß in der Betriebszeitungs-Redaktion. Sie suchte ihn an den folgenden Tagen, benutzte das Werktelefon, wartete im Meisterbüro, spähte auf verschiedenen Sitzungen. Der Vogel war ausgeflogen. Sie konnte sich denken, was das heißen sollte. Trotzdem wunderte sie sich, daß er ihr die abschlägige Antwort am Mittwoch nicht sagte. Sie hörte in der Kantine Gerede, Friedrich Vogel lege nach Feierabend Spannteppich bei Elvira. Elvira arbeitete in der Dreherei. Ja, sie war immer lustig. Frau Schmalfuß ging verwundert nach Hause, trat vor die Couch und blickte lange auf den Eisbrecher hin. Das Bild fortzuwerfen konnte sie sich jedoch

16

nicht entschließen, zu selten hatte sie ein persönliches Geschenk entgegengenommen.

Alle wollen ein Beispiel, sagte Frau Schmalfuß sich, aber keiner will es geben. Und: Das war doch ein Fehler, dem Friedrich Vogel ehrlich entgegenzutreten, sie hätte sich besser dem Schlehen-Wodka und nicht der Vernunft anvertraut. Sie kompensierte Traurigkeit durch gewissenhafte Arbeit und Überstunden und hatte in dem Vierteljahr eine so geringe Stromrechnung, daß der Kassierer den Zähler überprüfen ließ. Dann setzte der Sommer ein. Die Hitze sprang sie im Werk, auf den Verkehrsmitteln, aus den Häusern scharf an, und sie konnte mehrmals am Tag kalt duschen, ohne das Gefühl loszuwerden, sie ginge in Pelzwerk einher.

Eines Sonntags, die Fenster waren geöffnet, es herrschten 35 Grad, da lag Frau Schmalfuß auf der Couch unter dem Eisbrecher-Bild. Vor dem Haus arbeitete ein Rasensprenger und sollte die frischgepflanzten Büsche dem Vertrocknen entreißen. Er schleuderte den Strahl in die Luft, die Tropfen zerplatzten und prasselten, der Wasserwerfer drehte sich, quietschte und schmiß wieder die unzähligen Tropfen empor. Frau Schmalfuß sah im Halbschlaf die Pappelallee, sprang auf, schloß schnell das Fenster und lief aus dem Haus. Sie nahm die U-Bahn, um in die Stadt zu gelangen, saß da im Café, wieder fallendes Wasser, nun ein Springbrunnen, im Ohr, eilte zum Tierpark, hörte die Pfauen dort schrein, die warn wie verrückt. Sie hätte sich beinahe mit einem Kinderwagen von der Terrasse entfernt. Das Baby hatte sie angelacht, ihr die Fäustchen entgegengehalten und die Zehen gezeigt, zehn rosa Erbsen.

Am Montag entschuldigte sie sich fernmündlich im Werk und suchte einen Arzt auf.

Das war ein Frauenarzt. Ein alter Professor, der Zuversicht auf die Konsultanten übertrug und besessen war, viel Kindervolk auf die Welt loszulassen. Sie glaubte, wenn sie nach einer gründlichen Untersuchung erfahren haben würde, daß alles in Ordnung und sie gut in der Lage sei, ein Kind auszutragen und zu gebären, das Problem bald gelöst sei. Dann wären ja gut und gerne 85 Prozent aller Voraussetzungen, zu einem Kind zu kommen, erfüllt, das Übergewicht der einen Waagschale müßte zwangsläufig die andere mit den wenigen 15 Prozent zu ihren Gunsten hochschnellen lassen, und das mit solcher Wucht (Frau Schmalfuß sah förmlich die Schalen hüpfen, die leichtere sich überschlagen), daß die 15 Prozent aus ihrem Behältnis rausspringen und in die angefülltere Schale geschleudert würden.

Im Wartezimmer sah sie die hübschen Frauen mit den geblähten Kleidern. Ach, mir wird schlecht! sagte eine, das fehlt mir noch! eine andere. Sie kam in das Sprechzimmer, barfuß, die Unterwäsche nach der Vorschrift in der Kabine reduziert, und sagte beim Händedruck: Guten Tag, ich möchte ein Kind. Der alte Herr freute sich, sah sie an und dachte sich eine Antwort. Er führte sie zu dem Sessel, in dem man auf dem Rücken sitzt, und untersuchte sie gewissenhaft.

Dem steht nichts im Wege, sagte er, bemerkte die Topographie ihrer vier Schönheiten. Sie sah sich also im Besitz der 85 Prozent, im gleichen Augenblick die restlichen 15 entschwinden, war wohl doch einem Traumbild aufgesessen und fragte nun den Arzt nach Forschungsergebnissen bei künstlicher Befruchtung. Es gäbe gesicherte Erfahrungen, ja, ja, es ist möglich, jaja! sagte der Alte und schüttelte den Kopf. Junge Frau (er nahm ihre Hand), wir können darüber noch sprechen.

Sie ging, als sie die Umkleidekabine verließ, nicht wieder ins Sprechzimmer des Arztes, sondern unter den Bäumen nach Hause. Alte Platanen, die im Winter so gestutzt worden waren, daß nur die Stämme blieben, nun unerhört ausschlugen, etwas später als gewöhnlich, aber mit noch größeren Blättern. Die Rinde hatten sie teilweise abgeworfen, die Stämme sahen aus wie Landkarten um Flußmündungen.

Und was wäre mit der Vererbung? Wie sollte man wissen, was man sich da einhandelte? Wo blieb der Spaß, die wilde Umarmung? Wieder fehlten die Beispiele. Na ja, Maria. Sie las das Lukas-Evangelium in ihrer Wohnung, fand alles sehr umständlich, beschloß, die Vererbung nun weit hinter den Einfluß der Umwelt zu setzen und ein Kind zu adoptieren.

Auch dabei war der Aufwand kein geringer. Sie stellte einen Antrag, ließ die Wohnung besichtigen, besorgte sich einen Gesundheitspaß von einer Ärztin, der Betrieb schrieb Zeugnisse aus, und sie wartete den Sommer über voll Hoffnung auf den Bescheid.

Es gab aber viele Leute, die Kinder adoptieren wollten, und alle wünschten sich eines im zartesten Alter, so daß Schwierigkeiten und Wartezeiten aufkamen,

Frau Schmalfuß noch keine winzigen Hemdchen, Jüpchen und Hütchen anschaffen konnte, da weder die Größe noch das Geschlecht des Kindes bekannt waren.

Schließlich, als sie schon ein dreijähriges Kind bekommen wollte, bereit war, auf die ersten Schritte, die unbeholfene Anrede durch das Kind zu verzichten, das Kerlchen nicht zahn- und hilflos zu haben, da geschah im Herbst das Wunder, da klingelte die Fürsorgerin an der Tür. Es wäre nun ein Junge gefunden, zwei Monate, ein hübsches Kind mit schwarzen Haaren und großen Nasenlöchern, sagte die Frau. Sie sind ein Engel! rief Frau Schmalfuß und wollte gleich los.

So schnell hat man das Kind nicht, auch wenn man weiß, daß es ganz sicher kommt. Es dauert neun Monate oder sieben oder noch drei wie bei Frau Schmalfuß. Zweimal in der Woche ging sie zu einem Kursus für werdende Mütter und erlernte die Säuglingspflege. Um keine Lektion zu versäumen, sah sie sich gezwungen, dem Ansinnen des Hauptbuchhalters auf Hilfe nach Feierabend bei der Endabrechnung nicht stattzugeben. So war sie bedrückt, wenn sie die Temperatur des Wassers prüfte und große Plastik-Puppen badete, wenn sie die vielen kleinen Mahlzeiten bereiten lernte oder Wadenwickel bei erhöhter Temperatur anzulegen. An den arbeitsfreien Sonnabenden fuhr sie in verschiedene Stadtbezirke, um alle die Dinge zu kaufen, die das Kind am Anfang seines Lebens notwendig haben würde, vornehmlich einen Importkinderwagen, eine hellblaue Badewanne aus Kunststoff, Wäsche und Klappern. Einmal im Monat durfte sie das Kind, das sie haben sollte (ein Jahr Probe, dann die endgültige Adoption) im staatlichen Säuglingsheim besuchen. Es wurde in einen Wagen gelegt, und Frau Schmalfuß konnte es im Park unter Buchen spazierenfahren. Erst waren die Blätter grün, dann färbten sie sich, schließlich waren nur ein paar übriggeblieben und sahen wie Leder aus.

Das waren jetzt die Stunden, in denen sie sich glücklich fühlte. Anders im Betrieb. Da hatte ihr guter Ruf gelitten. Es hing nicht mit der Tatsache zusammen, daß eine Kollegin sie beim Einkauf des Kinderwagens beobachtet hatte – schließlich wußte die Leitung von der beabsichtigten Adoption und war gehalten, sie gutzuheißen –, die Mitarbeiter konnten Frau Schmalfuß nicht mehr uneingeschränkt Lob und Beifall zollen. Sie ging fast pünktlich nach Hause, sprang bei termingebundenen Arbeiten weniger oft mit Überstunden ein, und ihre Rechenschaftsberichte waren knapper als früher. Der Abteilungsleiter, die Gewerkschaftsvertrauensleute nahmen davon Abstand, sie um Rat und Hilfe zu bitten, und das alles, bevor sie das Kind überhaupt in ihrer Wohnung hatte. Sie selbst litt unter diesem Zustand, die Warterei auf das Kind kam hinzu – sie wurde nervös und brauste leicht auf. Hatte sie sich morgens keine Zeit zum Essen genommen, stürzte sie in die Kantine, kaufte Fischbrötchen und aß sie eilig auf. Sie benahm sich wie eine schwangere Frau und gab zu Bemerkungen Anlaß. So geht das nicht weiter, sagte sich Frau Schmalfuß eines Tages. Der Lehrgang für Säuglingspflege war beendet, alle Vorbereitungen abgeschlossen. Jetzt galt es, wieder am Leben der Kollegen teilzuhaben, mehr noch, dasselbe zu bereichern. Sie beschloß, eine Kulturfahrt vorzubereiten, und studierte zu diesem Zweck herausgegebene Broschüren und Kataloge.

Alle Achtung, sagten ihre Kollegen und Mitarbeiter während der Busfahrt, in der Autobahn-Raststätte, beim Anblick des Blauen Wunders, des Kronentores, in der Galerie: alle Achtung, sie hat sich wieder in der Hand. Sie gingen durch verschiedene Abteilungen der Gemäldesammlung. Frau Schmalfuß freute sich über gigantische Stilleben (glänzende Trauben, platzende Kürbisse, seitlich ein Vogelnest mit zwei Eiern darin, ein drittes jenseits des Nestes, zerbrochen, dottergelb der Dotter), beachtete die wechselnden Landschaften, die unermüdlichen Bäume, bald düster, bald freundlich, die verschiedenen Himmel darüber. Sie nahm alles fröhlich und unkonzentriert auf, verweilte bei keinem der Bilder. Das waren Stationen auf dem Weg zum Ziel; sie sah Schönes, um das Sehr-Schöne aushalten zu können. Die Nackte, die den Schwan küßt – Frau Schmalfuß ging schneller, um kein Unbehagen zu spüren. Ein neuer Raum tat sich auf. Sie fühlte ihr Herz sich bewegen, sah das Bild an der Stirnwand und ging zur Seite. Sie ließ ihren Kollegen den Vortritt, hörte die Erklärung des Führers nicht an, verlängerte die Vorfreude. Als sie allein in dem Raum war, suchte sie sich den besten Standpunkt und sah zu der Frau auf. Der Mantel von noch schönerem Blau als in ihrem Kalender. Die andere Frau, der alte Papst sanken in den Wolken da ein. Die Madonna war leichter, man sah jeden Zeh, obwohl sie das Kind trug. Sie sah freundlich aus, nicht so heilig, fast eine Kollegin, die Frau mit dem Kind. Ihr Mann war nicht auf dem Bild, spielte keine Rolle. Frau Schmalfuß erinnerte sich, in der Schrift gelesen zu haben, daß es erst eines Winkes von oben bedurfte, bis Josef Maria mit dem Kind heiratete. Heute wär sie allein geblieben, dachte Frau Schmalfuß, da spürte sie nur noch ihre Hände, als wär alles Blut da hineingelangt, sie fühlte das Kind, sonst nichts. Die Haut war warm, ein bißchen feucht nach dem Baden, roch wohl nach Seife. Das Baby mußte angezogen werden, vorher, auf dem Weg zum Wickeltisch, einen Blick in den Spiegel. Im Vorbeigehen. Aus den Augenwinkeln. Sie drückte das Kind an sich, sah es und sich selber im Glas, bekam einen Schreck über die eigene Schönheit.

Die Identifikation war so kurz, daß sie bei Frau Schmalfuß keine Verwunderung, nur Fröhlichkeit auslöste. Sie folgte ihren Kollegen, erwarb einen Bildband über die Galerie und war auf dem Weg zum Italienischen Dörfchen. Die Springbrunnen hielten Winterruhe. Die Straßenbeleuchtung schaltete sich ein in langer Bewegung, da fiel der erste Schnee. Der Himmel war weiß, die Flocken erschienen gegen ihn grau und schwarz. Wir brauchen einen Schlitten, dachte Frau Schmalfuß.

Mitte Dezember, dem ersten war der zweite und dritte Schnee gefolgt, durfte Frau Schmalfuß in Hinblick auf Weihnachten, Personalmangel im Säuglingsheim und ihre eigene Hartnäckigkeit das Kind entgegennehmen, obwohl die Formalitäten nicht restlos erledigt waren. Am Abend saß sie in der Küche und trank statt eines Bieres, wie es vor Tagen noch ihre Gewohnheit war, zwei Tassen Milch. Einen Tag lang war alles geschehen, was die Leiterin des Lehrgangs für Säuglingspflege einem fünf Monate alten Kinde als nützlich und notwendig erachtet hatte, und einiges mehr. Sie fragte sich, ob sie ihr ein Geschenk bringen würden wie anderen Wöchnerinnen und wer käme. Sie hatte unbezahlten Urlaub genommen und wußte nicht, daß die Kollegen die übliche Geldsammlung abgeschlossen, das Geschenk (den Schlafsack, das Kinderbesteck, die weichen Schuhe) schon beisammen hatten. Sie war müde und glücklich. Die flimmernden Bilder aus dem Gerät erreichten sie kaum: Eine Frau bringt jeden Tag ihr Kind in die Krippe, zwei Jahre lang, jeden Tag zwei S-Bahn-Stationen auf der Hinfahrt, zwei S-Bahn-Stationen auf der Rückfahrt, vier Treppen, vier fremde Männer oder Frauen, die ihr helfen, den Wagen zu tragen. Manchmal reißen sich die Leute um den Wagen, mitunter muß die Frau warten, einmal denkt sie: Die von der Kultur sollten einen neuen Aberglauben einführen, *wer morgens einen Kinderwagen trägt, hat den Tag Glück.*

Das würde sie alles erfahren.

Die ungeheuren bergehohen
Wellen auf See

In den ersten Tagen des Monats Oktober 196... stieg
die Stauerin Anna Kielmann, eine hübsche Enddrei-
ßigerin schlanken Wuchses, mit ihrer erwachsenen
Tochter im Hotel «Slawia» in Budapest auf ihrer
Rückreise nach R. ab. Sie hat mir eines Tages, nachdem ich die beiden Frauen wiederholt in der Landes-
kunstausstellung, im Thermal-Bad und im «Wiener
Tor» getroffen hatte, am gemeinsamen Tisch des Spei-
sesaals ihr und ihrer Tochter Schicksal erzählt.
Diese Geschichte hat mich dermaßen gepackt, daß ich
sie gleich am nächsten Morgen, vor dem Rasieren, aus
dem Gedächtnis niederschrieb. Hier ist sie.
Als meine Tochter geboren wurde, war ich eine ange-
lernte Arbeiterin. Durch Fleiß und Geschicklichkeit
gelang es mir, mich zu qualifizieren und die Tochter
zur Oberschule zu schicken. Wir wohnen in R., einer
Stadt, wie Sie wissen, die ihren Wohlstand hauptsäch-
lich aus dem Überseehafen, der volkseigenen Schiffs-
werft und dem Fischkombinat schöpft. Eine nicht all-
tägliche Bindung zum Hafen gestattete es mir, die
Tochter erst als technische Zeichnerin, dann als Teil-
konstrukteurin ausbilden zu lassen. Als sie achtzehn
Jahre alt war, verlobte sie sich mit einem Staumeister.
Er war ein rechtschaffener fröhlicher Mensch, der
seine Arbeit im Hafen liebte und in ihr aufging. Un-
glückseligerweise war er nicht imstande, sein heftiges
Temperament zu zügeln, wenn wilde Eifersucht in

25

ihm aufkam. Das geschah jedesmal, wenn meine Tochter mit Matrosen, Offizieren, einem Schiffskoch sich unterhielt oder Ansichtspostkarten aus Kuba und Philadelphia bekam, die sie seit früher Jugend sammelt. Er war von einer wunderbaren Begeisterung für die Seefahrt durchdrungen und schien zu glauben, daß meine Tochter jedes Mannsbild im blauen Tuch ihm unbedingt vorziehen müsse. Wie meine Tochter mir erzählt hat, soll er in seinem Zimmer eine stattliche Anzahl Seefahrerromane angehäuft und oftmals im Schlaf von den Gewürzinseln gesprochen haben.

Wir maßen dem wenig Bedeutung bei; ich nahm diese Eigenheiten eher zum Meßwert seiner Leidenschaft für mein einziges Kind denn als Verdrießlichkeit hin und muß gestehen, daß ich, kam er zu uns in die Wasserstraße, absichtlich die Karten mit den Panoramen fremder Erdteile auf den Rauchtisch gelegt hab.

Im Mai vor vier Jahren lag die «Professor Hufeland» im Hafen. Sie war entladen und schon außerhalb der technischen Kontrolle, als der Purser dieses Schiffes meiner Tochter den Hof zu machen begann. Ich weiß nicht, ob ich Ihnen erklären muß, was dem Purser auf einem Schiff für Aufgaben obliegen. Er ist derjenige, dem die zollfreien Waren, Tabak und Alkohol zumeist, anvertraut sind, der in den Häfen und auf weiter Fahrt darüber zu verfügen imstande ist. Seiner großen Verantwortung wegen steht er im Ruf, alles zu besitzen oder sich zumindest durch geschickte Manipulationen verschaffen zu können, was die Welt an erstrebenswerten fremden Genüssen bereithält.

Dieser wichtige Mensch trug einen Schnurrbart, der seinen Mund fast verhüllte und in zwei lange Spitzen auslief. Die Matrosen fanden mit Recht, er sähe wie eine Ratte aus. Mir selbst erschien er so abstoßend, daß es mir nicht darauf ankam, grünen Kaffee bei ihm zu bestellen. Er gab ihn meiner Tochter in der Kantine und eine Flasche «Madame Rochas» dazu. Er hatte vorher Liköre und Korn getrunken und sagte bei Aushändigung der Waren so, daß es die umsitzenden Kollegen verstehen mußten, von einem hübschen Mädchen nähme er kein Geld, wobei er das Wort «Geld» sehr unangenehm betont haben soll. Da er als geizig galt, blieb dieser Vorfall nicht unbesprochen und mag dem Verlobten meiner Tochter zugetragen worden sein. Ich zählte damals die Tage, die bis zum Auslaufen der «Professor Hufeland» nach Abidjan noch verblieben, es waren ihrer dreizehn, und ich dachte, die würden gewiß vergehen, und in sechs Wochen wäre Hochzeit, die der Betrieb ausrichten wollte.

Als meine Landsmännin an diese Stelle ihrer Erzählung gelangt war, stand die Tochter auf und rieb sich die Augen. Vorher war sie der Geschichte unbeteiligt gefolgt, hatte meinen interessierten Blicken nichts zu erwidern gewußt und voll schöner Unschuld eine Apfelsine aufgerissen und mit uns geteilt. Jetzt sagte das Fräulein: Mama, mir falln die Pupilln zu, ich will nun zu Bett.

Sie werden annehmen, fuhr meine schöne Erzählerin fort, nachdem die Tür hinter dem Mädchen ins Schloß gefallen war, daß meine Tochter sich ihre Kindlichkeit in hohem Maße bewahrt hat. Unsere

Geschichte wird Ihnen zeigen, wie es sich damit verhält. Lassen Sie mich fortfahren, aber erlauben Sie mir, alles in knapper Form vorzubringen, denn es bleiben nur noch acht Stunden, bis das Flugzeug uns in die Heimat zurückträgt.

Der schnurrbärtige Purser wurde noch mehrmals in unserer Straße gesehen, dem Himmel sei Dank, daß er dem Verlobten meiner Tochter nicht begegnete. Ich veranlaßte mein Kind, den Purser zu stellen, um ihm die Unsinnigkeit seines Tuns vor Augen zu führen. Dieses Rendezvous hat der Staumeister angesehen. Er war ja mein Vorgesetzter, wir hatten die «Professor Hufeland» zu stauen, und ich traf ihn am darauffolgenden Tag in den unterirdischen Arsenalen des Schiffes. Anna, sagte er, und ich erschrak vor der fremden Stimme, laß nur, Anna, das Mädchen kann nichts dafür, es ist meine Schuld, so ein Landhund wie ich hat nichts zu bieten. Er ging weiter und ließ die Kräne das Schiff mit Kontainern und Stückgütern vollstopfen. Meine Kollegen gaben ihm Ratschläge, weil sie meinten, es stäke eine Krankheit in ihm. Die Stauerei behagte ihnen nicht; Junge, du machst was falsch! sagten sie. Da er aber viel Autorität besaß und einen tadellosen Ruf, gaben sie sich schließlich zufrieden, und es geschah alles so auf dem Dreieinhalbtausendtonner, wie er es angeordnet hatte.

Ich atmete auf, als das Schiff den Hafen verließ, und schickte mich eben an, all die großen und kleinen Dinge zu besorgen, die eine so öffentliche Hochzeit erfordern würde, als die Nachricht sich verbreitete, die «Professor Hufeland» sei vor der französischen

Küste gesunken. Einen Tag später wurde der Verlobte meiner Tochter in polizeilichen Gewahrsam genommen, denn es lag die Vermutung nahe, die unsachgemäße Stauung des Schiffes hätte zu dem Unglück geführt, bei dem auch ein Menschenleben zu beklagen war. Ja, es war der Purser. Als die Untersuchung abgeschlossen war, bestätigte sich der Verdacht, und ein langwieriger Prozeß vor dem Obersten Seefahrtgericht begann. Der Staumeister wurde an den Mast geholt, und an Hochzeit war nicht mehr zu denken. Weil ich zu seiner Brigade gehörte, wurde ich zur Verhandlung geladen. Ich sagte aus, daß der Meister anscheinend von einer Krankheit gezeichnet war, so schlecht hätte er damals ausgesehen, und daß wir Zweifel gehegt hätten angesichts seiner Anordnungen, diese aber bald von uns gewiesen hätten. Der Verlobte meiner Tochter saß apathisch auf der Anklagebank und blieb so wortkarg wie in der ganzen letzten Zeit. Als ich nach Hause kam und meiner Tochter den Verlauf der Verhandlung berichtete, geriet sie in helle Aufregung. Ich hörte, daß sie die ganze Nacht wach blieb, und fand eine Strafprozeßordnung, die sie in der Volksbibliothek ausgeliehen hatte, was mich alles mit seltsamen Befürchtungen und Ahnungen erfüllte. Am zweiten Prozeßtag erschien mein Kind vor den Schranken des Gerichts und gab an, daß der Angeklagte in der Nacht vor der Ausfahrt der «Professor Hufeland» im Schlaf geäußert habe, der Purser, der werde noch sehr verwundert gucken, wenn er plötzlich mit nacktem Arsche sich im Wasser befände. Sie war dem Zusammenbrechen nahe, ich

29

hab bis zu dem Tag nicht gewußt, wieviel Tränen ein Mensch vergießen kann, und mußte meine Tochter nach Hause bringen. Dem Gericht oblag es nun zu klären, ob der Staumeister vorsätzlich oder fahrlässig gehandelt hatte.

Bevor ich Ihnen den Ausgang des Prozesses erzähle, muß ich noch einmal weit zurückgreifen, damit Sie verstehen, wieso meine Tochter ein paar nächtlichen Worten so große Bedeutung beimaß, in einen Gewissenskonflikt geriet und sich nach langem Kampf gegen den Verlobten und für den Hafen entschied.

Einige Jahre nach dem Kriege, ich stand im siebzehnten Lebensjahr, war unser Hafen gerade wieder ein Hafen geworden, wenn auch viel zu tun blieb, ihn weiter auszubauen und zu vergrößern. Zu dieser Zeit arbeitete ich in einer Entrostungsbrigade und war Mitglied des Kulturensembles des Betriebes. Unsere Brigade verfügte nur über ein Sandstrahlgebläse, das jeweils an den wichtigsten und lohnendsten Objekten eingesetzt wurde. Was sonst zu erledigen war, übernahmen wir in Handarbeit. Es war der 23. Mai, ein warmer Frühlingstag, und unsere Brigade hatte sich weit über das Hafengelände verteilt. Damals war ich noch schmaler als heute und hatte eine Röhre mit geringem Durchmesser zugewiesen bekommen, weil ich die einzige war, die auch in sie hineinkriechen konnte. Die Röhre war nicht sehr lang, ich sah schon die nächste vor mir. An jenem Tage wollte ich die Norm übererfüllen und abends zum Singen. Der Mantel der aufgebockten Röhre blitzte bereits. Ich beugte mich in die Röhre, die Füße standen noch außerhalb, ich fing mit Klopfen und Kratzen an und freute mich über den blauen Himmel in der entgegengesetzten Öffnung. Mir war, als höre ich das Meer rauschen. In einer Art rhythmischem Sprechgesang wiederholte ich während des Arbeitens den Anfang eines Liedes. «Die ungeheuren bergehohen Wellen auf See» muß es aus meiner Röhre geklungen haben. Wenn jemand an meinem Arbeitsplatz vorüberkam, dämpfte ich die Stimme, um sie danach wieder anschwellen zu lassen. Einmal hörte ich viele Schritte und Ausrufe von Männern, die in einer fremden Sprache gemacht wurden. Es kann die holländische Sprache gewesen sein. Genug, es waren Seeleute, die von großer Fahrt an Land kamen und mich in meiner Röhre antrafen. Durchgedrückte Kniekehlen, ein runder Hintern: und schon befanden sie sich in der schönen sich bietenden Gelegenheit. Als ich nach längerer Zeit endlich von meinen Fesseln befreit war, die Schutzbrille abgenommen und die Arbeitsgeräte eingesammelt hatte, war keine Spur mehr von irgendwelchen Mannsleuten zu finden. Ich ging in die Kaderleitung und gab alles zu Protokoll. Es müßte sich um wenigstens fünf Männer gehandelt haben, sagte ich, es wäre verschieden gewesen – Sie sehen, was für ein Kindskopf ich war. Ich schlug mit der Hand auf den Tisch und fragte, wozu es einen Betriebsschutz gäbe, wenn solche Dinge sich zutragen könnten. Soviel ich weiß, hat sich dergleichen nicht wiederholt, aber ich brauchte nach fünf Monaten einen Schonplatz. Nun befaßte sich die Konfliktkommission mit dem Vorfall, und es wurde beschlossen, weil der Vater des Kindes nicht zu ermitteln sei, dasselbe aber während der Arbeitszeit und wegen nicht eingehaltener Sicherheitsbestimmungen auf dem Territorium des Hafens hatte gezeugt werden können, wolle der Betrieb hinfort die Vaterstelle und die Unterhaltszahlung übernehmen sowie sich zu gegebener Zeit um eine Ausbildung kümmern. Es ist alles so geschehen, der Hafen hat sich wie ein Vater verhalten, und sicher verstehen Sie jetzt, wieso meine Tochter sich gezwungen sah, beim leisesten Zweifel an der Unschuld ihres Verlobten zugunsten des Betriebes auszusagen.

Der Prozeß unseres Staumeisters lief übrigens doch auf Fahrlässigkeit hinaus, und er hat noch zwei Jahre. Meine Tochter wartet auf ihn. Sie sieht keinen anderen Mann an und lebt mit mir so, wie sie es als dreizehnjähriges Mädchen tat. Es ist ein Winterschlaf des Herzens, wenn Sie wollen, und ich glaube, sie befindet sich wohl.

Die Geschichte der Anna Kielmann kann ich nicht besser beschließen, als indem ich hinzufüge, daß sie sich bewegen ließ, mir nach Mitternacht auf mein Zimmer zu folgen. Die Erzählerin war nicht nur eine sehr schöne, sondern auch überaus galante Frau, die jedoch immer darauf achtete, Aug in Auge mit mir von den Klippen zu stürzen. Ich führe das auf jenen 23. Mai zurück, von dem sie mir gesprochen hat, und sehe in diesem Verhalten einen Grund mehr, die Wahrhaftigkeit ihrer Erzählung nicht anzuzweifeln.

Scilla bifolia

Ich trug sie in der Manteltasche und fand zu Hause nur noch Fruchtknoten vor mit ein paar blauen Fransen daran, die Blumen sahen ordentlich ungekämmt aus. Der Mann im Laden hatte faulen Zauber gemacht. Ich hatte gesagt: teuer, er: na. Der Mann sah wie ein Alkoholtrinker aus, die Pupillen schwammen in einer Flüssigkeit, Bäckchen wie Rosenblätter. Er sagte wiederholt Charlotte zu mir, obwohl ich den Namen nie geführt habe. Zwinkerte mir zu, wickelte die Blütchen ein und sagte: na, dann kommen Sie mal morgen in meine LPG scillapflücken. Ich sagte: da haben Sie recht, da käme ich gerne, nur spiel ich zu der Zeit in einem Champignon-Keller Akkordeon. Er verstand das auf Anhieb. Nun stehn die zerzausten Dinger hier rum. Eine Dame, mit der ich telefonierte, bemerkte sie sofort und schwärmte von ihren Scillas, die anständig im Vorgarten wüchsen. Wir schneiden sie nie ab, sagte sie, und ich spürte den Vorwurf. Macht nichts, denn ihr Mann, der das Haus durch den Vorgarten verläßt, wo ihre Blumen wachsen, hat Scilla-Augen, und ich täusche mich nicht, wenn ich mit ruhiger Stimme sage, daß sie denen meines sehr kleinen Kindes gleichen.

Der Schmied von Kosewalk

In Kosewalk, einem abgelegenen Ort an der Küste, hatte sich eine Schmiede erhalten. Von außen erweckte sie den Anschein, sie habe mit dem Tempo der Entwicklung dieses Dorfes nicht Schritt gehalten: ein offenes Schmiedefeuer leuchtete durch die enggefaßten rußigen Scheiben. Setzte man jedoch den Fuß über die Schwelle, so fielen moderne Maschinen ins Auge, deren eine sogar von solcher Höhe war, daß die Decke des Raumes durchstoßen und ihr Oberteil im Obergeschoß des nahezu dreihundertjährigen Hauses untergebracht worden war. Denn der Schmied war nicht nur ein kräftiger, sondern auch ein kluger Mann. Er hatte sich der Genossenschaft des Dorfes angeschlossen. Unter seinen geschickten Händen entstanden die gefragtesten Ersatzteile für die Erntemaschinen, er verstand es, unverwüstliche Achsen zu schmieden, hin und wieder beschlug er ein Pferd. Seine Größe war durchschnittlich, im Sitzen war er ein Riese, und wie man es sich bei einem Schmied wünscht, bog er manchmal an Festtagen zur Freude der Einwohner ein Hufeisen zu einem Stab. Noch lieber aber sahen es die Leute, wenn er im guten Anzug sich zu ihnen gesellte und sich bereit fand, ihre Tänze und Gesänge auf dem Akkordeon zu begleiten. Er hatte einen sanften Bariton und sang nach einigen Klaren seltsame Lieder. Sie behandelten das Partisanenleben, den Mut eines fremdländischen Mädchens sowie ihre Schönheit, und Texte und Melodien waren von einer für diesen Landstrich auffallenden Fremdheit, daß jedermann annahm, der Schmied habe die Lieder selber verfaßt.

Dieser Schmied nun hatte eine Tochter, ein braunhaariges Mädchen mit großen Augen, die ihrem Vater die Akten führte und wegen ihrer Kenntnisse in der Stenographie mitunter vom Vorsitzenden der Genossenschaft gebeten wurde, ein Protokoll aufzunehmen. Vornehmlich im Frühjahr, am Tag der Bereitschaft, geschah dies, und auch im letzten Jahr hatte er ihr den Bericht für die Kreisstadt diktiert: alle Maschinen seien repariert und einsatzfähig, und den Satz zugefügt, er wolle sie heiraten. Hanna (so hieß sie) hätte das beinahe mit aufgeschrieben, so wenig achtete sie auf den Sprecher. Das kann doch dein Ernst nicht sein, sagte sie, sie sei zwar über fünfundzwanzig, doch eile es ihr nicht. Der Schmied schüttelte nicht einmal den Kopf, als er davon hörte, geschweige denn er hätte ihr Vorhaltungen gemacht. Er sang eines seiner Lieder und sagte, das verstehst du nicht, da war die Tochter aber schon durch die Tür, und die Worte waren wohl auch nicht an sie gerichtet gewesen.

Im Sommer fiel ihm auf, daß Hanna seine Lieder niederschrieb. Wozu, fragte er und erfuhr, sie habe im «Magazin» eine Adresse gefunden von einem Freiwilligen auf Zeit bei der Armee, der eine Briefpartnerin suchte, und diesem mehr aus Langeweile denn aus Neugier geschrieben. Mehrere Briefe seien gewechselt worden, nun hielte sie die Lieder fest, weil er im Ensemble sänge und schrieb, es gäbe nicht genügend

Lieder. Er könne sogar Noten lesen, versicherte sie und fügte hinzu: Im nächsten Jahr, wenn der Dienst vorüber sei, wolle er sie hier besuchen. Noten sind etwas Gutes, sagte der Schmied, sonst nichts weiter.

Der Sommer ging hin, und der Herbst war da, da stand der Schmied auch am Sonntag früh auf, um allen Anforderungen in der Genossenschaft gerecht zu werden. Er fälschte alle Ersatzteile und baute einen alten Bulldozer um, damit die Melkanlage, wenn der Strom ausfiel, zu betreiben sei. Die Leute im Dorf wunderten sich längst nicht mehr über seine Geschicklichkeit, sie hatten sich daran gewöhnt, daß ihm alles, was er anfaßte, gelang. Hanna führte die Bücher, forderte Material an und half weiter beim Vorsitzenden aus. Einmal, als der Buchhalter nach einem Jagdausflug gefährlich erkrankte, übernahm sie die Lohnabrechnung und verrichtete die Arbeit zu aller Zufriedenheit. Der Vorsitzende hatte nie wieder einen Versuch unternommen, um Hanna zu werben. Weil der Briefträger die Post für das ganze Dorf in der Genossenschaft abzugeben pflegte, konnte ihm nicht verborgen bleiben, daß Hanna wöchentlich einen Brief von einem Angehörigen der Volksarmee erhielt, und er sagte sich, daß sie ihm vermutlich genauso oft schriebe. So verhielt es sich auch, nur fuhr das Mädchen vier Kilometer mit dem Fahrrade, um ihre Briefe direkt der Post anzuvertrauen. Sie einfach ins Genossenschaftsbüro zu bringen widersprach ihrer Natur, zumal die Post dort nicht regelmäßig abgeholt wurde, sondern jeweils, wenn der Briefträger mit neuen Schreiben kam. Sie hätte ihren Brief dann, wenn sie ein Protokoll aufnahm, liegen sehen können, und wahrscheinlich hätte sie seine Absendung verzögert, wenn nicht gar verhindert. Denn sie hatte zwiespältige Gefühle bei ihren Briefen und denen, die sie erhielt. Obwohl sie ein aufgeschlossener Mensch war, fast vertrauensselig, kamen ihr oftmals Zweifel an der Richtigkeit ihres Handelns. Wie denn, wenn das Bild, das sie aus den Briefen des jungen Soldaten gewann, das sie sich selbst mit aufbaute, gar nicht der Wirklichkeit entsprach? Sie hatte bemerkt, daß Briefe eigentümliche, selbständige Wesen sein können. Sie schrieb Dinge, die sie mündlich wahrscheinlich niemals geäußert hätte. Und wenn sie nur heiter von ihrer Arbeit, dem Stand der Ernte und ihren Mädchenspaziergängen berichtete, so war sie sich im klaren darüber, daß sie mit den Briefen sich preisgab. Aber wie hätte sie nun ohne zu schreiben leben sollen? Der Sommer schien schöner gewesen zu sein als die vorangegangenen. Indem sie von Bäumen schrieb oder einem schweren Gewitter, dem eine Scheune zum Opfer fiel, wenn sie das Erntefest wiedergab und die Gespräche der Bauern, hatte sie den Eindruck, dies vorher nie so genau gesehen und intensiv erlebt zu haben.

Während das Jahr abnahm, gewannen die Briefe des Soldaten an Freundlichkeit und zerstreuten ihre Bedenken. Neben Berichten von der Ausbildung und Auftritten mit dem Kulturensemble fanden Sätze Platz, die von ihm selbst sprachen. Er schilderte ihr sein Zuhause, erklärte seinen zivilen Beruf und fragte nach ihrer Meinung, wie er seine Umstände einrichten solle, wenn er nach seiner Entlassung ein technisches Studium aufnähme. Mitunter verlor er sich in Kindheitserinnerungen und versah seine Briefe mit Zeichnungen. Da war auch das Mädchen zu sehen, wie es auf dem Fahrrade durch den Regen fuhr, die Sachen klebten an ihr. Danach fand Hanna es an der Zeit, ihm eine fotografische Aufnahme zu senden. Es war ein Porträt, wie es der Fotograf in der Kreisstadt herstellte. Die Augen gingen ein wenig ins Leere, der Mund hatte lächeln sollen, zeigte nun einen trotzigen Ausdruck. Die Haare lagen wie eh nach Jungenart dem Kopf an, waren dick und sträubten sich an den Schläfen. Das Bild gefiel dem Soldaten sehr, er setzte sie in Gedanken auf sein Motorrad, zog seine Jeans an, und los ging es über den Kammweg des Thüringer Gebirges. Oder eine Straße an der Küste entlang. Das Bild fand die Anerkennung seiner Kameraden, woran ihm nichts lag. Er betrachtete es oft, verlor es einmal und fand es wieder, bot Hanna im nächsten Brief das Du an, dachte sich zärtliche Anreden für den übernächsten aus, und Hanna stieg ein. Immer war sie jetzt fröhlich, sie lief, als die Regenzeit einsetzte und an ein Vorwärtskommen mit dem Fahrrade nicht mehr zu denken war, zu Fuß durch den Schlamm, um ihren Brief abzusenden. Die Rückfahrt auf einem Lastwagen, der Zuckerrüben in die Fabrik gebracht hatte, schlug sie aus. Sie sah den Schlamm frieren, war unterwegs, als es schneite, und einmal schrieb sie die Anfangsbuchstaben seines Namens in den Schnee. Sie zögerte, ob sie die ihren dazusetzen und das Ganze mit einem Herzen umrahmen sollte. Sie tat es nicht, wollte wohl nichts berufen, wußte nun aber, daß sie verliebt war. Sie dachte sich Weihnachtsüberraschungen für ihn aus, sein Geschenk zu diesem Fest übertraf noch das ihre: er schickte eingeschrieben einen Verlobungsring. Der Schmied sagte, als er den an ihrem Finger sah, das sei ja ein Ding! und warf Kohlen ins Feuer. Er hieß Hannas Tun weder gut noch schlecht, er sang bei der Arbeit, wenn sie am lautesten war, und das hatte er von jeher getan. Beim Genossenschaftsfest war er in einer seltsamen Lage. Als die Bauern ihn fragten, was der Schwiegersohn für ein Mensch sei, sagte der Schmied: Ein schöner Mensch, obwohl er nicht mal ein Bild gesehen hatte; denn der junge Soldat hatte Hanna nicht mit gleicher Münze gezahlt. Der Vorsitzende trank zwei Wodka mit ihm auf den Schwiegersohn, der Briefträger ebenfalls, er behauptete, Hanna hätte einen Intellektuellen, da trank der Schmied schon mit dem halben Dorf. Seine besten Kunden, die Traktoristen, tanzten mit Hanna zum Akkordeon, dem sich noch eine Baßgeige zugesellt hatte. Sie wollten von ihr die Farbe seiner Augen erfahren, und ob er ein feuriger Liebhaber sei, aber das hätte sie selbst gern gewußt, sie gab keine Auskunft. Das Jahr war gut. Silvester blickte Hanna auf einen Stapel von zweiundvierzig Briefen zurück. Bald transportierte sie ihren letzten Brief; da trugen die Bäume an der Chaussee frisches Laub, da hatte der Schmied die Schmiede geweißt, da war der Termin für die Hochzeit perfekt. Ihr Soldat stand schon mit einem Bein im zivilen Sektor, würde aber noch uniformiert eintreffen, vierzehn Tage bleiben, am zehnten Tag in die Kreisstadt zum Standesamt. Wo konnten sie wohnen? Später in der Stadt des Mannes, jetzt über der Schmiede, wo der Kopf der Maschine ihnen in die Möbel ragte, wo man ohne intime Beleuchtung auskam, das offene Feuer aus dem Erdgeschoß sollte beleuchten, was sehenswert war.

Nun war es soweit, und der Schmied atmete auf. Er hatte schon Befürchtungen gehegt, die beiden bekämen ein Kind und hätten sich nicht gesehen. Er bestieg ein Fahrzeug, um den Soldaten vom Bahnhof abzuholen. Hanna hatte im letzten Augenblick ein Protokoll vorgeschützt und war in die Genossenschaft gegangen. In der Tat, der Soldat war ein schöner Mensch, der Schmied hatte nicht geprahlt, und ein großer Soldat außerdem, wenigstens ein Meter fünfundneunzig. Sie fuhren dem Dorf zu und unterhielten sich über die Lieder des Schmiedes. Einem von ihnen hatte der Soldat zur Verbreitung durch das Kulturensemble verholfen, aber die Soldaten sangen es in Dur, während Hanna die Moll-Tonart notiert und geschickt hatte. Der Schmied erhob keinen Einspruch. Er meinte vielmehr, fast jedes Lied hätte beide Tonarten in sich, die Menschen müßten die ihnen gemäße jeweils auswählen; was sich heute als Moll anböte, könne morgen schon Dur sein und umgekehrt. So redend und sich Beispiele vorsingend, erreichten sie Kosewalk und die Schmiede, wo Hanna ihnen entgegentrat. Die erste Begegnung hatte nichts Peinliches und Aufregendes an sich. Sie nannten sich beim Vornamen, und Hanna wies ihn auf allerlei Gegenstände und Bäume hin, die er aus ihren Briefen schon kannte. Er gefiel ihr. Die Uniform unterstrich seinen kräftigen, geraden Wuchs, er hatte ein offenes Gesicht, schöne lange Wimpern, die sich nicht aufwärts bogen, so daß er durch frisch vorgeschossenes Gras zu blicken schien. Hanna glaubte den Geruch von Regen zu spüren, und ihr war, als ob das Herz sich von der linken Seite auf die rechte begäbe. Er ist es, sagte sie sich und fühlte das Bedürfnis, einen Brief zu schreiben. Der Soldat bezog den Raum über der Schmiede. Von Anfang an fühlte er sich wohl in Kosewalk, in der Schmiede, in Hannas Nähe. Morgens stieg er die Treppe hinab. Der Lärm nahm zu, er unterschied die Maschinen, die Stimmen des Schmiedes und seiner Kunden. Er half, wenn es galt, erhitzte Metallteile im Wasserbad zu härten, und stand in einer Wolke, daß Hanna ihn nicht fand. Sie gingen spazieren oder fuhren mit Fahrrädern an den Strand. Dort lagen sie in einer Mulde und sahen in den Himmel, wenn sie nicht schwammen oder bei Seewind sich von der Brandung aufheben ließen. Zu großen Zärtlichkeiten kam es vorerst nicht zwischen ihnen. Wir haben Zeit, dachte Hanna, und ihm schien sie anders zu sein als die Mädchen, die er vor ihr kannte. Er glaubte, ihr stehe eine besondere Behandlung zu, und war es zufrieden, wenn er mit ihr durch die Dünen ging und seinen rechten Arm um sie legte.

So verstrichen die ersten fünf Tage, und die restlichen bis zum Tage der Hochzeit wären ebenso heiter gefolgt, wenn nicht eine völlig neue Person zur Unzeit, nach der Hälfte des Stückes, aufgetreten wäre. Sie hieß Christine und wollte sehen, wie eine Heirat zu-

stande käme. Das sagte sie, als sie das Paar am Strand
traf, als Hanna sich freute, daß sie ihrer Einladung
gefolgt war, als der Soldat lieber mit seiner Verlobten
allein geblieben wäre. Sie gingen versteinerte Seeigel
suchen. Christine fand sofort einen, der gut erhalten
war. Achtlos gab sie ihn dem Soldaten und erklärte,
sie habe eine ganze Sammlung zu Hause. Er steckte
ihn in seine Brusttasche und hätte ihn vergessen, wenn
das Fossil sich bei ihm nicht schmerzhaft bemerkbar
gemacht hätte, als er am Abend auf der Treppe zum
Obergeschoß Hanna an sich zog. Er spürte den
Druck, er fühlte sich müde und sagte das, er schlief
dennoch nicht ein. Der Schein des Feuers lief die
Decke entlang, war wie ein roter Wald. Zwischen den
Flammenbäumen sah er Christinens rotes Kleid flat-
tern, das war doch das Mädchen aus den Liedern des
Schmieds. Er schalt sich wankelmütig und zwang
sich, an Hanna zu denken. Am anderen Tag verweilte
er lange in der Schmiede, begleitete den Schmied zur
Genossenschaft und ging zärtlicher als zuvor mit
Hanna um. Bei allem litt er unter merkwürdigen
Gedanken.
Bei seiner Ankunft im Dorf hatte er kaum wahrgenommen, daß Hannas Körper unterhalb der Schultern, die ihm von der Porträtaufnahme bekannt
waren, sich etwas derb fortsetzte. Nun wollte er Ge-
wißheit haben, ob er sie liebte und lange würde lieben
können; Hanna verbrachte die Nacht mit ihm über
der Schmiede. Der Widerschein des Feuers ging sanft
mit ihr um. Er zauberte eine freundliche Landschaft ohne Schroffheiten, dahinein ragte das Oberteil

42

der Maschine, die ein schwaches Vibrieren des Fußbodens auslöste. Die Schwingungen übertrugen sich bis auf ihre Fußsohlen und trieben sie zu immer größerer Eile. Hanna wußte nicht, ob sie lachte oder weinte, und auch dem Soldaten war wohl zumute. Doch als das Feuer unter ihnen in der Schmiede erlosch, sah er keinen Grund, es neu zu entfachen. Er war ratlos wie zuvor.

Am anderen Tage konnte man ihn erst allein an der Küste auf einem großen Stein sitzen sehen, dann erschien Christine. Sie war in melancholischer Stimmung und sprach von Abreise. Sie drehte sich um, um zu gehen, trat hinter ihn und legte die Arme um seinen Hals, ihre Knie schürften sich Haut an dem Steine ab. Der Soldat schrie und sah, daß es an der Zeit war, sich dem Schmied zu entdecken. Der Schmied sang seine Lieder in Moll, die Arbeit wuchs ihm über den Kopf, die Futterernte hatte begonnen.

Er schliff die Messer einer Schneidemaschine und fuchtelte dem Soldaten damit vor den Augen herum. Zum Teufel, sagte der Schmied, eine Hochzeit ist eine Hochzeit. Er werde sie nun für ihn und Hannas Freundin Christine ausrichten; es läge an ihnen, sich die notwendigen Papiere in der Kreisstadt zu besorgen.

Der Soldat war überrascht und handelte nach den Worten des Schmiedes. Es fand eine sehr schöne Hochzeit statt. Fast schien es, als wundere sich niemand in Kosewalk darüber, daß der Soldat sich mit Hanna verlobte und Christine heiratete. Die Leute ließen sich aus Respekt vor dem Schmied dergleichen

nicht anmerken. Im Fischerkrug wurde eine große
Tafel gedeckt, die durch die geöffneten Türen ns
Freie reichte. Die Zweige der Linden berührten das
Tischtuch und schlugen an die Schüsseln, die Köst-
liches enthielten und einen Wildschweinbraten, vom
Buchhalter beigesteuert. Man brachte den besten Ap-
petit dazu mit, und eine Weile hörte man nichts als das
Klappern der Messer und Gabeln. Aber bald began-
nen die Gäste, angeregt von den Getränken, zu reden,
zu lachen und sogar zu johlen. Die Gesundheit der
Braut wurde ausgebracht, der Vorsitzende der Genossenschaft trank Hanna und ihrem Vater zu, der
Schmied sang mit dem Soldaten ein zweistimmiges
Lied, und der Tanz begann. Hanna war eine gefragte
Tänzerin. Konnte man ihrer Gestalt auch die Ähnlichkeit mit der des Schmiedes nicht absprechen, so verfügte sie doch über geschmeidige Bewegungen und
leichte Füße. Als der Schmied einmal das Akkordeon
absetzte, verließ sie die Gesellschaft und ging geraden-
wegs über das Kopfsteinpflaster durch den Schulhof
an der Kirche vorbei in die Schmiede. Sie schaltete das
elektrische Licht ein und sah in den wasserfleckigen
Spiegel, der über einem so kleinen Waschbecken hing,
daß der Schmied die Gewohnheit angenommen
hatte, sich die Hände einzeln zu waschen. Sie setzte die
Maschine, einen Fallbär, in Betrieb und legte ihre
linke Hand auf die Arbeitsbühne. Die Ventile ächzten,
das Gewicht stieg bis in das Obergeschoß auf, verhielt
dort einen Augenblick, um pfeifend herabzusausen.
Der Schmied, der Hanna gefolgt war, rührte sich
nicht. Mit Genugtuung sah er, daß sie mit der Rech-

ten die Maschine blockierte, als das Gewicht um Haaresbreite über ihrer linken Hand lag, ein Kunststück, das er früher oft zur Belustigung seiner Frau mit seiner goldenen Taschenuhr ausgeführt hatte. Er trat zu seiner Tochter, lobte sie und betrachtete ihre Hand. Sie trug den Verlobungsring, der jetzt eine winzige Abplattung aufwies, niemand anders als der Schmied hätte es bemerkt. Sie kehrten zu ihren Gästen zurück. Unterwegs ging der Mond auf. Der Himmel war klar. Vom Boden aber stieg weißer Dampf auf, der an der Erde hinkroch und sie wie mit weißen Tüchern bedeckte.

Die helle Straße

Dies ist die Geschichte zweier Freunde, die auf Montage gingen in ein südliches Land, und zweier Mädchen; wobei der eine Freund das eine Mädchen zu Hause zurückließ und ein anderes in der Fremde eroberte, aber zu dem ersten zurückkehrte, während der andere nicht nur kein Mädchen zurückließ, sondern auch keins sich gewann, was ihrer Freundschaft keinen Abbruch tat.

Klimm fuhr mit auf Richards Drängen, verschob seine Hochzeit, streifte einen großen Frischhaltebeutel über den schwarzen Anzug im Schrank und ließ sich hinreißen, dem maßvollen Mädchen Vera hinfort Rhododendronblätter nach Zella-Mehlis zu schicken.

Er hatte ihre Stimme im Ohr, wie sie sagte: «Das macht nichts, ein Teil deines Gehalts läuft weiter, wenn du zurückkommst, hast du eine Wohnung mit Fernseher und hellblaue Kacheln im Bad; ich hab eine Quelle.»

Er hatte damals die Vorhänge zugezogen, daß ihre Freundin im Haus gegenüber sich ärgerte, aber auch aus dem Grunde, weil die Abendsonne das kleine Zimmer stets bis in den entferntesten Winkel illuminierte.

Er dachte oft an Vera, manchmal mitten am Tag, wenn er schweißüberströmt in einer halbfertigen Fabrik herumkroch, und er sandte französisches Parfüm

«Madame Rochas» an sie, das kostete ein Vermögen. Auch war es ihm zur Gewohnheit geworden, seinem Freunde Richard von Zeit zu Zeit Veras Briefe vorzulesen. Sie tranken Kognak dabei, den sie wegen der Hitze mit Wasser verdünnten, und Richard entwarf deutsche Kreuzworträtsel. Sie erfuhren von Veras Gängen zum Wohnungsamt, sahen Schwierigkeiten auftreten durch ihren unzulänglichen Familienstand. «Heiraten Sie erst», sagte eine Frau mit weißen Knöpfen. Die Freunde zitterten, so entfernt sie waren, Klimm sagte: «Hoffentlich wird sie nicht grob, das würde alles verderben.»

Aber Vera lächelte auf dem Wohnungsamt, in Klimms Betrieb, erhielt eine Befürwortung: Aus Einsatzbereitschaft habe ihr zukünftiger Mann sein persönliches Interesse hintangestellt. Eines Abends konnte Klimm vorlesen, daß Vera den Wohnungsschlüssel besaß.

Zu diesem Zeitpunkt, als zwei Drittel ihres Auslandsaufenthalts verstrichen waren, Richard sich trotz Klimms Drängen nicht entschließen konnte, ein Verhältnis mit einer Serviererin einzugehen, der fünfundzwanzigste Brief aus Zella-Mehlis sie erreichte, stellte sich heraus, daß Klimms Sehnsucht, seine Liebe zu Vera eine nicht geringe Gefahr für ihn bedeuteten.

Klimm war so von Vera erfüllt, daß er, der sich früher nie an einen Traum erinnern konnte, nun unter Tagträumen litt: Veras schöne straffe Figur durchschritt Maschinen, kam auf ihn zu. Erschien sie ihm vorher als Verkörperung aller Frauen, trat nun, wo er durch mancherlei Entbehrungen geschwächt war, die Umkehrung dieses Zustands ein: Er glaubte in jeder Frau entsprechenden Alters Vera zu sehen.

Richard verfolgte die Veränderungen im Innern seines Freundes mit Aufmerksamkeit. Wenn Klimm jetzt die Briefe aus der Heimat vorlas, Vera eine Couch-Garnitur beschrieb, wie sie in der Mode sei, lenkte er das anschließende Gespräch behutsam auf die Dolmetscherin, ein ernsthaftes glatthaariges Mädchen, das seit kurzem auf der Baustelle und mit Klimms Braut nicht zu vergleichen war.

«Dieselben Augen wie Vera», sagte Klimm oder zog andere Vergleiche, weswegen Richard mürrisch wurde und keine rechte Erholung mehr bei seinen Kreuzworträtseln fand, zumal er sich nicht des Eindrucks erwehren konnte, daß das Mädchen den selbstsicheren, ein wenig langweiligen Klimm ihm vorzog. Er begab sich traurig, aber gefaßt in den Hintergrund der Szene, um zu beobachten, ob Klimm es schaffte, eine Vera aus ihr zu formen. Anfangs hatte es den Anschein, als ob dies gelänge. Sie gab sich Mühe, so zu sein, wie er es wollte, ohne von Vera etwas zu ahnen. Richard empfand es als seine Pflicht, durch Freundlichkeiten, ehrliche Komplimente, kleine Handreichungen, vernünftige Gespräche und Blumen vom Wegrand ihr Selbstbewußtsein derart zu stärken, daß aus Klimms vermeintlicher Vera Aida hervorging. Doch nun gab es für Klimm Vera in der Heimat und Aida in der Fremde, auf der Baustelle, in den Bergen, jeden Tag da, so daß es ihm nicht verwunderlich schien, beide zu lieben.

Monate vergingen. Richard mußte ansehen, wie das

Mädchen alles um sich vergaß, Klimms Hemden
wusch und große Augen bekam. Die Abende ver-
brachten sie häufig zu dritt, aber nach zwei Stunden
schon, wenn Klimm, heimlich wie er glaubte, Aidas
Rücken streifte, ging Richard in sein Zimmer und
drehte das Radio laut. Längst wurde keine Post mehr
aus der DDR verlesen; Richard erhielt manchmal eine
Karte von einer entfernten Verwandten und war so
taktvoll, Klimm nicht nach Briefen zu fragen, die
zweifellos nach wie vor eintrafen.
Für Klimm gehörten das fremde Land und Aida zusammen; der Aufenthalt war schön und begrenzt, die
Liebe infolgedessen auch.
«Sie wird nach den Ferien an der Universität wieder
jemanden haben», sagte er sich, und daß sie gut mit
ihm gefahren sei, er es an nichts fehlen ließ: Schuhe,
Schallplatten, Ausflüge, «Madame Rochas».
Ähnlich äußerte er sich zu Richard, als sie Ende
August sein Gepäck auf die Straße trugen. «Hör auf
mit der sanften Tour, damit es ihr leichter fällt», riet
Richard Klimm. Klimm zählte seine Koffer, sagte, es
sei alles geklärt, keine Briefe, keine Tränen, Richard
könne sich, da er zwei Wochen länger bliebe, um sie
kümmern. «Die Trennung fällt mir nicht leicht», fügte
er hinzu, sah auf die Uhr und war froh, als er daran
dachte, daß bald das Auto kommen und ihn zum
Flugplatz bringen würde. Er stellte sich vor, wie er
mit Aida einen ruhigen Händedruck wechselte, nachdem der eigentliche Abschied längst stattgefunden
hatte. Seine Gedanken verließen das Land schon, er
rechnete mit keinen besonderen Vorkommnissen.

Klimm irrte sich, er ließ den Zufall außer acht, der sich wohl vorgenommen hatte, seinen Aufenthalt mit einem Paukenschlag enden zu lassen.

Dieser kündigte sich durch schwarzen Himmel und Regen an, als die Freunde Koffer und Kästen zum Straßenrand trugen. Sie krochen mangels besserer Unterkunft in eine große Betonröhre, setzten sich auf die Gepäckstücke, um das Auto oder das Ende des Regens zu erwarten.

Sie bemerkten Aida, barfuß kam sie, die Schuhe in einer Hand. Richard gab vor, nach dem Wagen sehen zu wollen. Klimm nahm das Mädchen in seinen Arm, verwechselte einen Bulldozer mit einem Personenauto und fühlte sich erleichtert, als Richard schließlich zurückkehrte. Er hatte eine Flasche Wein aufgetrieben, beklopfte die Betonröhre und sagte: «Dünne Wände haben diese Neubauten, aber laßt euch nicht stören.» Klimm fand sein Taschenmesser, ließ das Mädchen los, sie tranken Wein und Richard bot Zigaretten an. Er wollte dem Mädchen den Abschied erleichtern und hatte die Vorstellung, fortwährend reden zu müssen. Als ihm nichts einfiel, ließ er sein Transistorradio spielen und rief laut aus: «Das ist ein Restaurant, eine schöne Aussicht, ein See am Abend, die Kapelle des Hauses spielt Zigeunerweisen.» Er versuchte, Aida zum Tanz zu bewegen, sie verwies auf ihre schmutzigen Füße, die er mit Wein zu reinigen begann, wobei er versprach, die Parkettleger würden am nächsten Tag kommen. «Ich sehe nach dem Auto», sagte Klimm und suchte das Weite.

Richard hielt dem Mädchen die Füße fest, am Himmel grollte und blitzte es, sie sagte: «Klimm hat keinen Mantel.»

So in die Schranken gewiesen, setzte Klimms Freund sich auf einen Koffer. Wieder zu dritt, rechneten sie aus, wieviel Zeit ein Moskwitsch bei solchem Wetter für den Weg zum Flugplatz benötige. Obwohl sie keine Einigung erzielten, sah Klimm nicht alles verloren und bot einer alten Frau, die auf die Röhre zuschritt, freundlich guten Tag. Sie wollte nicht eintreten, die Freunde drängten auch nicht, zumal es kaum eine Möglichkeit gegeben hätte, ihr Platz einzuräumen.

Es war eine Zigeunerin, die etwas in ihrem Korb trug, um es in der Kreisstadt zu verkaufen. Richard forderte sie auf, eine Zigarette zu nehmen, und sie erklärte sich bereit, ihm dafür aus der Hand zu lesen. Die anderen wollten auch den Schleier von der Zukunft gezogen wissen, Klimm, damit die Zeit verging, das Mädchen, weil sie, ein Kind ihres Landes, nicht frei vom Aberglauben und gerade in etwas verworrenem seelischem Zustand war. Die Alte nahm für jeden Kunden eine Zigarette aus der Schachtel und ergriff zuletzt, nachdem sie den Freunden allerlei Unverbindliches gesagt hatte, Aidas Hand.

«Eine abfallende Linie», stellte sie fest, «du liebst aus Berechnung.»

Klimm lachte, und Richard sprach über die Unwissenschaftlichkeit dieser Methode. Die Alte war gegangen.

Den Freunden blieb keine Zeit. Sie sahen das Auto nahen, Eile war geboten, und sie verstauten das Gepäck. Der Fahrer verließ seinen Sitz nicht und versuchte, durch lautes Hupen die Abfahrt schneller herbeizuführen.

Das Mädchen indes empfand die Worte der Zigeunerin als schwere Kränkung. Sie hatte das Messer ergriffen, das noch vom Öffnen der Weinflasche dalag, und mit einem kräftigen Schnitt die Handlinie sich korrigiert. Klimm hob den Kopf und sah sie verstört an. Das Blut rann ihr von der Hand, er meinte, der Blitz habe ihn eben getroffen. Er umarmte und küßte sie, bewegte sich, ohne es zu wissen, saß im Auto, das fuhr seit geraumer Zeit. Auf seinem Rücken klebte das Hemd, da hatte sie ihre Hand gehabt. Er wußte, daß er sie liebte, er war blaß, mutig und entschlossen.

Der Anblick des Flugfeldes genügte, Klimm den Schock vergessen zu lassen. Indem er nach seinem Paß griff, durchliefen ihn Bilder und Gedanken. Er hatte eine gesicherte Zukunft vor sich, mit Vera würde er vorankommen, er befand sich mit ihr auf einer breiten weißen Straße, und er sah auch das Mädchen Aida mit einem strebsamen Manne auf ihrer gleichfalls hellen Straße. Beide Straßen liefen gerade und ohne Unterbrechungen nebeneinanderher, würden sich aber nicht berühren.

Blitz aus heiterm Himmel

Ist ein Ereignis ein Ereignis, wenn es keinen Schatten vorauswirft, keine entscheidenden Spuren zurückläßt und, statistisch betrachtet, weit außerhalb des Feldes zu verzeichnen ist, so daß es den Mittelwert in keiner Weise modifiziert?

Katharina arbeitete in der Forschungsabteilung eines großen Werkes und galt als tüchtige Kraft. Sie war von der Natur mit einem angenehmen Äußeren, großer Zähigkeit des Körpers und des Geistes sowie einem der Fröhlichkeit verpflichteten Naturell ausgestattet. Kehrte sie nach dieser oder jener Überstunde aus dem Betrieb in ihre abgeschlossene Zweiraumwohnung zurück, in deren Besitz sie durch einen glücklichen Umstand gelangt war, gewann sie der aufgelaufenen täglichen Hausarbeit, den lästigen Kettenvorgängen ewig sich neu gebärenden Waschens und Putzens vergnügliche Seiten ab. Von Berufs wegen trainiert, auch bei scheinbar willkürlichen Erscheinungen Gesetzmäßigkeiten festzustellen, war ihr eines Tages das Klammerspiel eingefallen, dem frönte sie unterm Dach. Es gab feste Regeln. Sie stellte Wäscheeimer und Klammerkorb auf den alten Küchenstuhl, die Leine hing noch. Blindlings (sie schloß wirklich die Augen) ergriff sie ein Wäschestück und zwei Klammern. Befestigte das auf der Leine, hob wieder Wäsche empor, hatte die Klammern in der Hand, spreizte sie auf die Wäsche und die Leine, wiederholte alles, bis die Wäsche in drei Reihen sie umgab und der Eimer leer war. Sie goß das Restwasser (wird schon nich durchkomm) auf den Boden. Besah ihr Werk und nahm die Auswertung vor. Im Korb hatten sich Klammern verschiedener Farben in gleicher Anzahl befunden. Bei den Wäschestücken galten die Farben nichts, Hauptmerkmal war die Form. Es gab Hemdchen, Höschen, Strümpfe, kaum Unterröcke, viele Pullover, einige Blusen, Taschentücher, BHs normaler Größe. Die Abfolge der Wäschestücke und Klammern, zufällig entstanden, ließ nun Gesetzmäßigkeiten erkennen. Blau Höschen blau, blau Strumpf, blau Höschen blau, rosa Pullover weiß, weiß Pullover rosa, blau Taschentuch (warum die Blaun immer gleich alle sint, un Grüne bleim übrich), blau Bluse blau. Sie konnte schon ein Muster erkennen, vielleicht wurde es sogar eine Serie. Weitersehen und kombinieren. Ein ordentlicher Mensch, noch dazu weiblichen Geschlechts, hängt doch so keine Wäsche auf, die wird nach Arten verteilt, wie das weiland mit Pflanzen und Tieren vorexerziert wurde. Wie sieht das aus, ein einzelner Strumpf zwischen den Höschen. Sie stellte den Wäscheeimer des Staubs wegen kopf. Je größer die Abstände zwischen den einzelnen Waschvorgängen, desto größer der Wäscheberg, desto größer der Wahrheitsgehalt der Aussagen über Wahrscheinlichkeit und Zufall (von wegen Schlampe, dis is wissenschaftliche Arbeit, Frau Schpiller).

Sie verschloß die Bodentür, das war Vorschrift, die Treppe führte sie hinab. Auf den Fensterbrettern standen blasse Gewächse und renkten sich nach der Sonne manch ein Blatt aus. Auf jedem Podest, wie die Treppenabsätze hier hießen, befand sich ein Stuhl, dem es an Farbe gebrach, da setzten die alten Weiblein die Taschen ab und regulierten den Atem. Die Treppe, die Wohnung befanden sich im Seitengebäude eines alten Hauses. Und wenn die Bauherrn auch weniger Sorgfalt für die Treppe im Seitenflügel als für die im Vorderhaus aufgewandt hatten, so ließen der schöne Schnitt der Zimmer, die hohen feierlichen Türen, die tiefreichenden Fenster Katharina darüber hinwegsehen. Ihre Zimmer befanden sich in unterschiedlicher Höhe, ein paar Stufen verbanden sie, die kleine Treppe war gleichsam der dritte möblierte Raum. Sie hatte für einen Blumenstrauß Platz, die Kochbücher, ein Rauchzeug, Strohmatten zum Draufsetzen, das Nähzeug, einen Taschenkalender.

Im tieferen Zimmer, dem Küchen-, Eß- und Arbeitsraum, es gab hier ein Reißbrett, fand Katharina noch ein paar Wäschestücke im Spülwasser. Unterwäsche von der männlichen Art. Vorm Fenster war eine Leine gespannt. Raus mit der Wäsche. Sie war nicht verheiratet und hißte die Fahnen die Unterhose das Unterhemd: Kunde für die Hausbewohner: Beimiristallesinordnung. Ichbinnichtallein. Er war unterwegs, ließ die Schnauze des Lasters an weißen Strichen entlangschnurren und erlebte wunderbare Geschichten. Sie ging in das höhere Zimmer. Es hieß Schlaf-, Trink-, Musik- und Bibliotheksraum und beherbergte die dazu notwendigen Möbel und Geräte in gefälliger Anordnung. Katharina zog den Staubsauger unter der

Couch hervor und begann den Teppich zu säubern. Für ihren Haushalt hatte sie wiederholt Systeme erdacht, die Langeweile bei den einzelnen Arbeitsgängen zu unterdrücken. Es existierten Pläne, neben dem Ordnungsschaffen 1. Grades jeden Tag eine größere Anstrengung in Angriff und in Kauf zu nehmen, damit die Arbeit ihr nicht über den Kopf wüchse und sie eines Tages ein Großreinemachwochenende einschieben müßte. Unterbrochen sollten Bodenarbeiten, Staubwischen, Geschirrspülen, das Ordnen der Bücher von einer Schallplatte, einer Zigarette, der Zeitung, einer Knobelaufgabe, einem Glas Cola werden. Dieser Stufenplan hatte sich aber als in der Praxis nicht durchführbar erwiesen. Es traten fortwährend Störungen ein, die sie veranlaßten, wieder nur das Notwendigste zu tun. Zum Beispiel Albert. Er kam nach fünf Tagen Chaussee, badete und stand den sechsten gar nicht erst auf. Wenn Katharina aus dem Werk zurückkehrte, lag er auf dem Erbsofa im tieferen Zimmer und klagte, er sei völlig verhungert. Er hatte geschlafen und gelesen, war nicht bis zum Kühlschrank gekommen, hatte nichts gehabt außer dem Frühstück und gewartet auf sie. Sie kochte und räumte gleichzeitig auf, und je nachdem, ob sie sich im höheren oder tieferen Zimmer befand, beschrieb er rufend oder mit normaler Stimme Landschaften, durch die er gerollt war. Denn er fuhr nicht auf Chausseen und untergeordneten Landstraßen, vielmehr durch Urstromtäler, unruhige wirre Hügelländer, machte ne Fuffzehn auf einer zauberhaften Endmoräne und sammelte in verlassenen Steinbrüchen

petrologische Souvenirs. Katharina hob alle auf und
legte sie zu anderen Quarzen, Graniten und Versteine-
rungen auf die Fensterbretter. Wenn ein Stein herun-
terfiel, bückte sie sich nicht danach, sondern schob ihn
mit der Fußspitze unter irgendein Möbel, um ihn
anderntags wegzukehren. So kam es, daß in ihren
Fensterbrettern immer Platz für Alberts Steine war.
Er gliederte die Landschaften nun feiner, belebte sie
mit den Leuten, die er unterwegs in ihnen getroffen
hatte. Katharina genoß alles wie eine Theaterauffüh-
rung und trieb ihn durch gezielte Fragen zu immer
präziseren Schilderungen. Sie aßen und redeten, sie
schliefen, wurden wach, sprachen über Gott und die
Welt zwischen großen Umarmungen. Das ging den
Abend, die halbe Nacht, wenn Freitag war, den Sonn-
abend, den Sonntag. Dann war er fort. Berge Ge-
schirrs, die Spuren seiner Zähne auf ihren Armen und
große Müdigkeit ließen sie mit Rührung wohl an ihn
denken.
Sie polierte sein Bild. Es stand im Bücherregal vor den
Werken Stendhal/Über die Liebe und Charles de
Bonos/In fünfzehn Tagen Denken lernen. Es handelte
sich um keine lichtbildnerische Arbeit, sondern um
einen Farbdruck auf flexiblem Karton, eine Skat-
karte, Herzkönig. «Brauch man nich so oft wechseln»,
hatte sie Albert erklärt, was ihn veranlaßte, seinen
Namenszug deutlich über das Bild zu setzen. Der
König sah sie mild aus seinen vier Augen an. Sie ließ
sich auf den Stufen nieder. Die Rauchpause, die
Schallplatte, Zäsuren während der Hausarbeit. Free
Jazz, das entsprach ihrer Schufterei. Vor dem größe-

ren Fenster flogen die Federn, Grünfinken zankten
sich. (Zahlt sich nich aus, im Sommer zu füttern. Der
Frisör unten sacht, die scheißn den Damen noch aufn
Kopp.) Katharina stellte den Aschenbecher ins Fenster. Die Finken flogen auf den Baum nebenan.
Sie ging in die Küche und ließ Wasser in das Spülbek-
ken laufen. Alberts Teller mit den weißen Knöchlein
blickte sie an, er hatte eine Pyramide gebaut. Einst-
mals war das ein Huhn gewesen, dann ein Gericht. Ein
andalusisches knuspriges Huhn hatte sie damals im
Feuer gehabt, als Albert sich anläßlich eines Staats-
feiertages und der damit anfallenden Freizeit dreier
Tage (manchmal liegt das so günstig) bei ihr festge-
fahren hatte. Das war drei Jahre her. An jenem Mai-
tag zauberte er ihr die neuen Fünfmarkstücke aus dem
Ausschnitt, und sie hatte diesen lustigen Vogel als gün-
stige Übergangslösung betrachtet, bis sie eines Tages
einen ernsthaften Menschen gefunden haben würde.
Alberts Neigung für Katharina wurde eine Dauer-
gabe, und sie verwarf erleichtert ihre Vorstellung vom
Leben mit einem ordentlichen Menschen. Sie lachten
über ihre beiderseitige Versessenheit und entdeckten
viele der möglichen Kombinationen. Oft gab es den
freien Fall, er nannte das Schwerelosigkeit. Im letzten
Winter, als die Stadt einzuschneien drohte und Albert
Überstunden bei ihr abbummelte, hatten sie den
Quotienten O' berechnet. O' drückt nach folgender
Formel den Grad der beiderseitigen höchsten Empfin-
dung aus:

$$O' = \frac{\Sigma O_f I \ldots n}{\Sigma O_m I \ldots n}$$

O_f bezeichnet die weibliche, O_m die männliche Akme, n ist die Anzahl der Wiederholungen. Der tristeste Fall wäre $O' = $ Null. Der günstigste Fall: $O' = 1$, d.h., die Freude der Beteiligten ist identisch. O' sagt nichts aus über die Anzahl der Wiederholungen; der Quotient kann durchaus $n = 1$ sein (der sog. CGS). Katharina und Albert erzielten $n = 4$ bis 7 bei einer Streubreite O' von $\pm$ 0,005 um 1.

Aber die Liebe könnte schwinden, fürchtete Katharina mitunter. Im Bett wäre Albert noch zu ersetzen gewesen, durch ein Kollektiv ganz bestimmt, aber der Freundschaft würde sie nachtrauern müssen. Denn diese pflegen, während er mit einer anderen schliefe, ginge ihr über die Kräfte. Jetzt, wenn sie sich trafen, fühlten sie sich wie zwei von den vier Winden, die um die Welt geflogen waren, nun die Abenteuer besprachen.

Katharina lag am Boden. Niemals steckte er den Stekker des Fernsehers nach dem Rasieren wieder in die Steckdose unter dem Sofa. Sie sah seine riesigen Latschen aus Stroh, es gelang ihr, sich seine Füße vorzustellen, sie war mit allem einverstanden. Sie wusch sich, sie aß und las eine Zeitschrift; verwandelte schließlich die Couch im oberen Zimmer in das Bett, legte sich hinein und löste vor dem Einschlafen folgendes Problem: Vier schwarzhaarige Männer und drei blonde Männer beglücken in fünf Tagen ihre Mädchen so oft wie drei schwarzhaarige Männer und fünf Blonde in vier Tagen. Wer erfreute die Mädchen mehr, die schwarzhaarigen oder die blonden Männer? Wind blies ins offene Fenster, die Röllchen des Vorhangs scharrten auf der Schiene, da wurde sie wach. Sie fühlte sich gut diesen Tag. Sie schaltete das Radio ein, erwartete die Zeitansage, statt dessen wurde ein katholischer Gottesdienst übertragen. Eine Predigt zu einem 6. Sonntag nach Trinitatis. Im Haus war es still. Der Vorhang scharrte, bog sich zur Seite. Die Sonne schien nicht mehr ins Fenster, Katharina mußte verschlafen haben. Die Hortensien in den Blumentöpfen waren verwelkt. Die Gemeinde im Transistorradio schepperte, von der Orgel getrieben, danach übersetzte der Radiopfarrer oder sein Bruder das Datum aus der Kirchensprache in die normale. Es war wirklich Sonntag, und es folgten die Nachrichten. Weg mit der Decke. Sie sah sich in ihrem weißen Dederonnachthemd, dem knöchellangen, jetzt schön drapierten, und sie schrie, die Stimme rauh, wie sie glaubte, vor Bestürzung und Unglauben.

Da lag sie, Katharina Sprengel, 25 Jahre alt, in ihrem Nachthemd, in ihrem Bett, hatte drei Tage hintereinander geschlafen, und ihr Körper wies die männlichen Merkmale auf. Sie sah es wie im Film. Schon einmal war ihr ein Film wirklicher als die Wirklichkeit erschienen. Sie hatte ihren Körper sitzengelassen und sich den Leuten auf der Leinwand zur Verfügung gestellt. Dieser Effekt trat auf, als der deutsche Text kunstlos einem ausländischen Film eingesprochen wurde. Aber sie saß nicht im Kino. «Verfluchte Untat, das ziehtn Rattenschwanz nach sich son Ding!» sagte sie mit einer tiefen Frauenstimme, einer hellen Männerstimme. Sie zog energisch das Nachthemd aus. Die Hautfarbe erschien dunkler als gewöhnlich, sonst war

alles ganz gut geraten, obwohls ihr um das Holz vorm
Haus etwas leid war. Wie eine Schlange, die sich ge-
häutet hat, betrachtete sie argwöhnisch die Unterwäsche auf dem Stuhl mit dem Bedürfnis, sich davon zu
entfernen. Warf alles in den Schrank. Trotzdem war
sie ganz fröhlich; ihr gefiel plötzlich die Fähigkeit, sich
neuen Situationen schnell anzupassen; darüber hatte
sie sich früher geärgert und des Wankelmuts bezich-
tigt. «Passiert ist passiert», sang sie und ging ins Bade-
zimmer. Langjährige Angewohnheiten schienen in
diesem Falle nichts mehr zu gelten. Während sie vorher die Brause immer zuerst auf den Bauch gerichtet
hatte und dann zu anderen Partien übergegangen war,
traf ihn nun das Wasser zwischen die Schultern. Aber
das stellte er gar nicht fest. Sein Blick fiel auf Alberts
enormen Bademantel, und sein Herz sprang wie ein
Ei im kochenden Wasser. Albert, mein Gott! Früher
hätte sie einfach losgeheult: Schluß mit der Liebe, kein
Platz an seinem Hals! Nun vertraute er auf Alberts
Gerechtigkeitssinn, seine Geistesgegenwart in be-
denklichen Situationen. Furcht und Beklommenheit
verließen ihn, und das Wohlbehagen, mit dem er
erwacht war, stellte sich wieder ein. Er hatte ihr so oft
geholfen und sie so oft verstanden, das ging auf keine
Kuhhaut. Egal, was aus ihnen würde, die Freundschaft könnte nun kein Mensch mehr kaputt machen.
Trübungen ihres Einverständnisses durch eine Frau
waren unmöglich geworden, und sie brauchten sich
niemals schonende Unwahrheiten zu sagen. Er wik-
kelte sich in das Badelaken und sah in den Spiegel. Das
Gesicht war noch das Katharinas, etwas schmaler an-

scheinend; der Anflug eines Bartes. Er warf böse Blicke auf all den Plunder Haarspangen, Wässerchen, Lidschatten, Eyeliner. Da das nachweislich sein Besitz war, genierte ihn das Zeug, andererseits waren die Utensilien schwer zu beschaffen und teuer gewesen. (Ich hau das innen Müll, unt übermorgen binnich wieder ne Dame!) Wenn man sich in solch einer wunderlichen Lage befindet, sucht man nach Beispielen. Wer will schon ein Einzelfall sein. Sollte bei ausländischen Gewichtheberinnen sich nicht ähnliches ereignet haben? Gab es nicht bei den Olympiaden Kontrollen für die Athletinnen? Vielleicht nur Gerüchte. Im alten Griechenland soll derartiges vorgekommen sein. Die Veränderung wurde von den Göttern besorgt: aus Männern machten sie alte Frauen. Sollte er das Opfer verzögerter ausgleichender Gerechtigkeit geworden sein? Er holte sich Wodka aus dem Küchenschrank und dachte erneut an Albert. (Der wirt ja nich wieder, immer mittem Laster unterweks, da rüttelt sich was zusamm, unt ich, ich schteh da unt sach: nun siehe du zu!) Das Badetuch kam auf den Haken, und der junge Mann nahm das Turnhemd und die Unterhose von der Leine vorm Fenster. Pfeifend zog er beides an und schlug den Sofakissen die Kerben fort. Andere Tischdecken mußten her, weniger bunt. Und er begann am Küchentisch eine Liste von den Dingen anzufertigen, welche die neue Situation so dringend erforderte. Randgenähte Schuhe, Schlafanzüge, eine Lederjacke, Strümpfe, Unterwäsche, Zigarillos, Pullover, einen anderen Lampenschirm. Am besten eine andere Wohnung. Und wie auf Arbeit! Er sah eine Unmenge

Probleme: Formulare und Erklärungen würde er abgeben müssen, der Personalausweis müßte ärztlich ge-
ändert werden; welchen Vornamen würde er führen?
Wer gab ihm den? Er lief in seinem Zimmer herum,
veränderte die Anordnung der Möbel (paar rechte
Winkel müssen rein anschtatt dieser Kurwen) und
begann laut zu schimpfen. Dabei merkte er, daß ihn
die zu erwartenden Scherereien und Unannehmlich-
keiten in Wut versetzten, der Gedanke an eine mög-
liche Rückverwandlung ihm aber widerlich war. (Ich
bin so, wiech jetz bin, ich habn orntlichen Beruf, ich
beschtell mir ein Auto, ich lerne Schkat, gleich tretich
außm De-Eff-De aus.) Er riß alle Fenster auf, schaltete
das Fernsehgerät ein und setzte sich breitbeinig davor
in den Sessel; aß Brot und Wurst aus der Hand, ließ
die Möbel vorläufig herumstehen: Fußball, es war
ja schon Nachmittag. Das war ein Phänomen, jetzt
interessierte ihn die Situation auf dem Bildschirm.
Ein schöner Sport! Die Regeln sind genügend kom-
pliziert, um Abwechslung zu bieten, und einfach
genug, daß jedermann Fachmann ist. Und wenn
Katharina auch zuletzt als Halbwüchsige ein bißchen
gebebbelt hatte und bisher ohne innere Haltung zu
dieser Sportart ausgekommen war, sich auf keinerlei
Erfahrungen und anerzogene Freude an diesem Spiel
berufen konnte: ihm war plötzlich gegenwärtig, was
sie sich im Lauf der drei Jahre aus Alberts Mund
darüber hatte anhören müssen; um Verständnis be-
müht, ohne eigentlichen Spaß. Die Auswechslung
war vielleicht ein Griff in die Glückskiste! Gosch zog
einen Freistoß fast von der Seitenlinie herein, und

Körner vollendete mit dem Kopf! Er saß allein in der Küche und schrie ein lautes langgezogenes «Jaaaah!» auf den Bildschirm.

Später sah er sich alle Spiele an, die übertragen wurden. Dabei ging er von Zeit zu Zeit in den Zimmern umher, hatte Spaß am Gehen: nun trafen zuerst die Fersen auf den Boden. Er sah auch die zusammenfassenden Sportberichte am Abend und war endlich rechtschaffen müde. Albert war ausgeblieben. Es kam vor, daß er nicht zur verabredeten Zeit eintraf, allerhand unvorhergesehenes Zeug passierte; das würde später Anlaß zu Geschichten und geringfügigen Übertreibungen geben. Kommt er nachts oder morgen. Der junge Mann nahm sich vor, am anderen Tag nicht in das Werk zu gehen. Er wollte warten und mit Albert reden. (Ohne den machich jetz nischt.) Er schlief auf dem Sofa, stellte sich zwei Wecker; die zog er sorgfältig auf. (Drei Tage schlafich nich nochmal.) Er wollte vor dem Einschlafen über einen Namen nachdenken, Albert würde ihn doch nur Max taufen, aber so schlecht war das nicht.

Also Max. Er schlief 2 Stunden; der Laster hustete vorm Haus; Albert knallte die Tür; der schlief schon fast auf der Treppe, Max machte die Tür auf. Max im Trainingsanzug, oben nicht gewölbt, wer weiß, ob Albert das sieht. Max kann nicht ewig im Trainingsanzug herumlaufen und Albert ein Bier einschenken und Albert das Bett baun. Albert hatte so viel erlebt von der Hauptstadt bis Pasewalk und zurück und dann bis nach Ellrich. Er hatte an diesem Tage mit einem Achsenbruch in einer wenig befahrenen Gegend festgelegen. Albert war hundemüde. Er sagte: «Ich muß erst mal schlafen!»

Sie schliefen bis in den hellen Tag. Die Grünfinken zankten sich. Max wurde wach, als eine Stimme «Frau Spengler! Frau Spengler!» rief. Aha, die Kohlen. Daran hatte er nicht mehr gedacht. (Son Kwatsch, vielleicht zieh ich aus!) Albert kam aus dem höheren Zimmer und stieg auf der kleinen Treppe in den Trainingsanzug. «Ich geh schon runter», sagte er, «gib mal den Schlüssel.» Vorher hatte Katharina immer dann Kohlen bekommen, wenn Alberts Auto die Nase auf den Landstraßen hatte. Oder Albert versprach: Die schippe ich am Nachmittag in den Keller. (Die Kohlenmänner hatten erklärt: Stapeln und so, der Zug is weg.) Aber letzten Endes hatte Katharina die Kohlen doch allein in den Keller gebracht. Albert mußte ein Fußballpokalspiel im Fernsehen sehen, oder er hatte, während sie beim Bäcker war, einen Anruf bekommen, der ihn eher als vermutet fortrief. Max nahm Alberts Rasierapparat. Er bemühte sich, einen günstigen Winkel vom Scherkopf zu seiner unteren Gesichtshälfte zu finden. (Verdammich, das nu jeden Tach. Ich laß mir keine Kottletten waxen.) Er legte den Kopf in den Nacken und schob die Unterlippe zwischen die Zähne, sah geradeaus und zog die Oberlippe straff. Er stellte keine großen Ansprüche an seine Arbeit und beendete sie. Die Steckdose unter dem Sofa kam ihm unbequem vor. Als er sich mit Kölnischwasser das Kinn einrieb, wie ers beim Fernsehen erfahren hatte, schimpfte er. Dann zog er seinen Trainingsanzug über und ging in den Hof.

Die Kohlefahrer ließen schon vor dem Nachbarhaus Briketts auf den Asphalt prasseln. Albert hatte sich zwei große Körbe besorgt, deren einen er gerade die zwanzig Meter weit in den Keller schleppte. Sie nahmen nun eine Arbeitsteilung vor. Max schippte die Kohlen in einen Korb, während Albert den anderen, schon gefüllten, davontrug. Er setzte seinen Ehrgeiz daran, den Korb vollgeworfen zu haben, bis Albert zurückkehrte. Die Arbeit ging beiden gut von der Hand. Ihre Bewegungen reduzierten sich auf die notwendigsten, verloren alles Eckige, wurden fließender, und jeder fand den recht eigentlichen Rhythmus für sein Tun. Wenn Albert einen Korb absetzte, wechselten sie ein paar Worte. Es wurden deren weniger, je eiliger sie ihre Arbeit trieben. Sie schwitzten und sahen sich aus schwarzumränderten Augen an. Max schmerzten die Schultern und der Rücken. Er richtete sich auf und konnte dem Frisör ins Fenster sehen. Die Trockenhauben summten, ein Mädchen darunter hielt inne beim Augenbemalen und sah ihn ernst an. Die Grünfinken ließen was vom Fensterbrett fallen. Max rückte den Korb vom Kohlenberg weg, dem Keller entgegen, um Albert die Arbeit zu erleichtern. Er schmiß nun über eine große Entfernung Briketts in den Korb. Die linke, die Führ-Hand, griff die Schaufel über dem Blatt, die rechte, die Kraft-Hand, schloß sich im Halbmeterabstand fest um den Griff. Er sah an seiner linken Schulter vorbei, gewahrte beiläufig den linken Fuß, drehte die rechte Hüfte vorn vorbei dorthin, wo gerade die linke gewesen war, daß diese hinter seinem Rücken der rechten nahzukommen bestrebt schien, fuhr mit der Schippe knirschend unter die schwarzen Kohlensteine. Lagen die auf dem Blatt, drückte die Rechte den Stiel bodenwärts, hob die Linke die Schaufel und drängte nach rechts, die eingewinkelten Knie streckten sich. Die rechte Hand, der Arm, die Schulter, die rechte Seite des Brustkorbs, die entsprechende Hemisphäre des Hinterns, das sich hinterrücks nach links verschiebende rechte Bein setzten dem beinahe Widerstand entgegen, obgleich sie die Arbeit dann voll unterstützten. Kamen die Kohlen geräuschvoll im Korb an, wies seine linke Körperseite die rechte in die Schranken, drängte die rechte Seite die linke auf die Ausgangsposition zurück, und alles konnte von vorn beginnen. Das schönste war, daß er die Hände am Schaufelstiel auch vertauschen konnte. Er brauchte sich nur seinem bisherigen Standpunkt am Kohlenberg gegenüber aufzustellen, und schon führte die rechte Hand. Die linke, der dazugehörige Arm, die Schulter, alle ansetzenden Muskeln stellten die notwendige Kraft zur Verfügung. Er fühlte keine Schmerzen in den Schultern und im Rücken. Albert grinste und trug den Korb wie einen Blumenkorb auf der Schulter. So wars ein glücklicher Morgen. Die Schattenpflanzen im Hof hingen ihre Blattzipfel auf die saure Erde und schwankten, wenn Albert vorbeiging. Eine zerrupfte Amsel lief unter den Blattunneln lang. Frau Spiller hing überm Blumenbrett oben im Hofschacht, dort war das Mauerwerk breiter als unten im Hof, und rief: «Det is wohl nich drin, den Dreck uffejen!» Sie antworteten nicht und rauchten eine Zigarette. Albert hatte Casino, sie fielen aus dem Papier wie Vogelfutter. Max stellte eine Knobelaufgabe: Albert steht mit seinem Lastwagen am Rande einer Wüste, die sich 800 Kilometer weit ausdehnt. Er muß diese Wüste durchqueren. Hier am Ausgangspunkt steht ihm eine Tankstelle mit unbegrenztem Vorrat an Treibstoff zur Verfügung und eine beliebige Zahl Kanister. Der Laster kann allerdings nur so viel Sprit aufnehmen – tanken und laden –, wie er für 500 Kilometer verbraucht. Andererseits darf sich Albert nach Belieben Füllstationen an seinem Weg einrichten. Die Frage ist, mit welchem Minimum an Sprit die Wüste zu durchqueren ist und wie viele Fahrten man bei einer optimalen Lösung nötig hat. Albert kriegte es raus. Dann kehrten sie auch den Dreck weg. Und warfen noch Holzklötze in den Keller. Bündelholz gab es jetzt nicht. Katharina hätte sich darüber geärgert, Max würde es schon kleinkriegen. Albert sagte: «Da machen wir uns zusamm dran!» Sie liefen die Treppe hinauf und wuschen sich in der Küche die Hände. «Wir gehn gleich duschen», sagte Albert. Max wollte ihm den Vortritt lassen. Albert schob ihn in die umgebaute Speisekammer. «Na los», sagte er und stupste ihn zwischen die Schulterblätter. Sie entledigten sich der Kleidung; Max regulierte das Wasser, Albert schlug die Binsenmatte auf den Fliesen zurück und hängte das Badelaken in Reichweite. Max unterm lauwarmen Regen sah Albert hantieren, betrachtete all seine Glieder, über die Katharina gelacht hatte (deine Beine sint so lank wie meine Arme unt

68

Beine, aber deine Arme sint noch länger. Wenn du bekwem gehn willst, brauchst du rechts und links einen Graben zum Armeschlenkern). Max fühlte das Wasser im Rücken kälter werden und hielt das dritte Bein in die Luft. Albert sah es und richtete den Hohlnerv zum Himmeläquator. Er lachte. Max zog nach und lachte Tränen. Sie schrubbten sich vom Kohlendreck frei und pfiffen die schönsten Wendungen aus italienischen Opern. «Das war wien Blitz aus heiterm Himmel», fing Max den Satz an, und Albert sagte unter dem Handtuch hervor: «Was könn wir denn essen, ich muß erst mal was innen Bauch kriegen.»
Sie schnitten Zwiebeln und pellten Kartoffeln. Albert trug unaufgefordert den Mülleimer runter; Max verteilte die Bratkartoffeln auf zwei Teller und stellte eine Tüte Milch auf den Tisch. Albert riß sie auf und goß die Milch in einen gepunkteten bauchigen Krug. «Wir waschen zusamm ab», sagte er. Sie aßen und hörten Radio, wuschen wirklich ab; sie räumten die Möbel vollends um. Nun stand die Couch nicht mehr schräg im Zimmer, es gab keine toten Winkel, Rechtecke und Quadrate, der ovale Tisch ordnete sich den vorhandenen Proportionen der Wohnung unter und ließ die Zimmer größer erscheinen. Albert sah sich die Arbeit auf dem Reißbrett an und ging in die Kaufhalle. Jetz, wo ich selbern Kerl bin, jetz kriekich die Ehmannzipatzjon, dachte Max.
Nachmittags hatte Albert an seinem Laster zu bauen. Als Max die Lockenwickler, die kleinen grünen Pillen, die durchbrochene Wäsche, den Frisierstab in einem Karton auf dem Hängeboden untergebracht

69

hatte, ging er auch auf die Straße und kroch zu Albert. «Nimm mal den Engländer», sagte der. Max konnte damit umgehen. Sie prüften die Achsschenkelbolzen. Max stieg in die Kabine und bewegte die Lenksäule. Albert gab die Kommandos, rief Max wieder unter den Laster. «Faß mal mit an», «greif mal schnell zu», «du bistn As, Albert», «das hätte unser Betriebsschlosser nicht besser gemacht», gingen die Reden. Als Max der Rücken weh tat, krochen sie in die Fahrerkabine. «Da trankich in Ellrich ein Kaffee, und mir saß einer gegenüber, der hatte ne warme Mütze auf. Sie wern sich wundern, sachte er, aber manche vertragn den Anblick nich. Er nahm die Mütze ab und war kahl; schauderhafte Narbe übern Schädel.» Max wußte, daß nun eine von Alberts wahren Geschichten ausführlich erzählt werden würde. Er streckte die Beine aus. «In Ellrich warich noch nich. Wie isses da?» Albert brannte sich eine Zigarre an. «Gipsmergel.» Er zog an seiner Zigarre. «Kleines Nest, bißchen Kali, baun ne Textilfabrik.» Er blies das Streichholz aus. «Im Kulturhaus hatter Gastronom gewechselt.» Jetzt brannte die Zigarre gut. «Ich war inner ganz kleinen Kneipe mit Bildern von der BSG. Der gegenüber warn Fachmann für Fleischmaschinen und fuhr auf Repratur. Hatte vorhern Wartburg. Den fuhr er gegen einn Baum im Regen. Na, er fant sich im Krankenhaus wieder, war schon ganz gut wiederhergeschtellt, aber der Arzt sacht immer: Bleiben Sie liegen, gehn Sie nicht raus. Der Mann wundert sich. Schließlich kommt die Kripo, der Unfall war lange geklärt. Sacht der Polizeier, sie hätten seine Würste und Ölsardinen

beschlagnahmt, wo er die herhätte. Das warn eine große Blutwurst, eine große Schweinsleberwurst, eine sehr große Knoblauchwurst, eine große Kugelsülzwurst und fumfzehn Büxen Ölsardinen. Hatte er alles gekauft; bei den Fleischfabriken im Betriebskonsum. Der Polizeier schickte einen Mann in die Betriebe nachfragn, das war 150 Kilometer hin und 150 zurück. Und es schtimmte alles. Da durfte er aufschtehn. Aber er wollte seine Wurscht und die Fischbüxen ham. Der Polizeier sachte, das is in Zella-Mehlis, und sie wollten alles in ein Feierahmtheim gehm. Aber der mit der Mütze wollte doch seine Wurscht ham, genau die. Wenn ihr Zeit hapt, bis in die Fleischfabriken zu fahren, so hapt ihr auch Zeit, mein Eigentum aus Zella-Mehlis zu holen, hatter gesacht. Ham sie ihm auch geholt. Das war eine große Blutwurst, eine große Schweinsleberwurst, eine sehr große Knoblauchwurst, eine große Kugelsülzwurst...»
«Unt fumfzehn Dosen Ölsardinen!» sagte Max.
«Ehm nich, 14 Büxen, eine war weck.» Er warf den Zigarrenstummel aus dem Fenster und ließ den Motor an. Nach der Arbeit am Wagen mußte eine Probefahrt stattfinden. Max der Beifahrer. (Könntich eigntlich machen, bissichn andern Betrieb hap.) Albert fädelte sich durch enge Seitenstraßen und näherte sich einer haltenden Straßenbahn auf wenige Millimeter. Langsam fuhren sie hinter einem Pferdegespann her. Auf dem Kastenwagen verrotteten Abfälle, die in den Höfen für die Schweinemast gesammelt worden waren. Der säuerliche Geruch traf sie noch, als sie das Fuhrwerk hinter sich gelassen hatten. Albert sah zum

Himmel. «Der Bierstern drückt auch ordntlich», sagte er. «Unt überhaupt die Landwirtschaft! War die Schtrafe fürn Sündenfall. Diplomatn gehn Hasen jagn unt nich Kartoffeln buddeln.» Sie entwarfen die Industrie-Jagdgesellschaft, Max hatte etwas Ähnliches in der Zeitschrift für Politik – Kunst – Wirtschaft gelesen. Eiweiß und Kohlehydrate würden entweder synthetisch oder durch Hydrokulturen hergestellt werden. Die Städte, die Länder umwüchsen ausgebreitete Dschungel. Die Menschen gingen mit einfachen Waffen jagen in ihrer Freizeit und dachten nicht mehr an Grenzstreitigkeiten und Kriege. Sie waren fröhlich am Entwerfen, so schnell in der Rede und so im Einklang miteinander wie immer, wenn sie beieinander waren. Sie umrundeten die kleine häßliche Kirche, hupten eine Katze auf den Fußweg und hielten wieder vor dem alten Haus. Albert blieb auf seinem Platz sitzen. Max drehte ihm sein Gesicht zu. Die Haare kann er so lassen, dachte Albert.

Ein anderes Leben

Man muß mit der Zeit gehen. Ich, Gwendolyn Miller, 34, durch meinen verewigten Gatten zur O-Schicht gehörend, Mutter eines Knaben, der aus bestimmten Gründen in einem Spezial-Institut aufwächst und ein Handwerk erlernt – ich also, gutaussehend, die Altersangabe war im Grunde genommen überflüssig und geschah aus einem Hang zur Ehrlichkeit, man muß im guten Sinne undefinierbar sein, fahre gewöhnlich einen Ford-Mustang, habe aus sozialen Gründen die Automarke gewechselt und überhaupt ein völlig neues Leben begonnen.

Vermuten Sie nicht, ich wäre auf die Heilsarmee oder irgendeine Sekte hereingefallen, halten Sie mich um Gottes willen für niemand, der sich mit Politik befaßt, es war ein direkter, menschlicher Schock, der mich und unseren ganzen Clan zum Nachdenken zwang. Seitdem sah ich verächtlich auf meinen Schmuck herab, in meinem Anwesen überraschte ich mich dabei, daß ich verabsäumte, die Schränke und den Safe abzuschließen, mein Personal Zugang zu allen Wertgegenständen hätte finden können, ja, ich achtete gar auf den Schnitt des Mantels meines Zimmermädchens. Was war es nun, das mich psychologisch so in Bereitschaft setzte, mein bisheriges Leben, das vornehmlich aus Luxus und Partys bestand, aufzugeben und innerlich ein anderer Mensch zu werden?

Es war im April des Jahres 196... Die Bakers hatten
ein kleines Motel in einer schönen Parklandschaft ge-
mietet, Fred lebte lange in England und liebt diese
Gegend, wir waren unterwegs dorthin, ein recht bunter Konvoi. Hinter der City, auf der Cork-Avenue,
gerieten wir in einen Stau, kamen nur langsam voran
und mußten das Gas schließlich völlig wegnehmen.
Ich erinnere mich, daß Kittys Wagen eine Beule am
hinteren rechten Kotflügel erhielt und wir unsere
Witze über diesen Umstand machten, wir fuhren ja
fast alle offene Wagen und unterhielten uns. Und
dann sahen wir, was uns zum Stehen gebracht hatte.
Eine riesige Kolonne sehr schlecht gekleideter Leute
zog vorbei, auf Schildern trugen sie die Summe ihres
Einkommens verzeichnet oder daß sie keins hatten,
Kinder, Puertoricaner und Neger waren dabei, aber
man kann so viel Elend gar nicht beschreiben, das
hieße, sich ein Gemälde von einem Massaker oder
Flugzeugabsturz ins Speisezimmer zu hängen, es handelte sich um den sogenannten Marsch der Armen.
Als wir weiterfuhren, hatte der Spaß an der Party, am
Frühstück unter Ulmen sein Ende gefunden. Ich fuhr
mit Viktor, er fährt wunderbar, sonst ahmt er alle
möglichen Leute nach, er kann wie Lady Upward
sagen «und als ich die Tür öffnete, sah ich doch wirklich meine Köchin in meiner blauen Wanne sitzen, ein
Schaumbad, ich habe das Ferkel entlassen», doch jetzt
war er schweigsam und holte aus dem Wagen raus,
was möglich war. Abends am Grill sprachen wir auch
wieder von unserem Erlebnis und daß man angesichts
dieser Tatsachen ein schlechtes Gewissen haben müsse,

so wie unsere Villen und Grundstücke aussehen und das gesamte Zubehör und die größten Wagen. Beim nächsten Treff, wir sind etwa zwanzig Leute in unserem Clan, redeten wir wieder von den armen Menschen und faßten einige Beschlüsse. Man muß dem Leben gegenüber aufgeschlossen sein und mit der Zeit gehen.

Zuerst fingen wir an, unsere Wohnverhältnisse zu ändern. Es war nicht einfach, Personen zu finden, die unsere Vorstellungen auszuführen imstande waren, Baufirmen reichten da nicht aus. Schließlich verfielen wir auf ein Team von Künstlern, Bühnenbildnern und Architekten, Kitty trieb einen Bildhauer auf, der hatte Freunde, der Stein kam ins Rollen.

Die Ideen, die wir hatten, das Aussehen unserer Heime zu verändern, waren sehr verschieden, die Künstler taten die ihren hinzu, doch der Effekt war im Grunde genommen überall ähnlich: von weitem machten die Villen einen verwohnten, ramponierten Eindruck, schienen kleiner geworden zu sein, Kitty leistete sich sogar die Imitation eines Wellblechhauses, alles verchromt und auf Rost veredelt. Das Anwesen der Bakers sah wie eine Arbeitersiedlung aus, deren Fassaden seit Jahrzehnten nicht überholt worden waren, doch der Clan sagte: «Gwendolyn hat die besten Ideen.» Ich fuhr gut mit meinen Arbeitern. Durch optische Tricks, zusätzliche, besonders bearbeitete Mauersteine setzten sie mir eine dermaßen zauberhafte Außenfront hin, daß ich selbst verblüfft war und anfangs instinktiv die Schultern einzog, wenn ich mich einem Eingang näherte. Sehr ruinös das Ganze, ein paar blinde Schornsteine auf den Dächern, und zum Schluß stellten sie die Auffahrt Mülltonnen entlang, natürlich bestes Material. Auf dem Rasen, der zwar noch geschoren wurde, doch etliche Distelgruppen aufwies, nahm sich eine sogenannte ausrangierte Badewanne, um vielleicht Regenwasser für die Wäsche zu sammeln, sehr hübsch aus.

Unsere nächsten Schritte betrafen die Inneneinrichtung unserer Wohnstätten. Die Fußböden erwiesen sich als unbrauchbar und mußten entfernt werden. An ihre Stelle trat nun etwas, das durch Sonderbehandlung den Anschein rissiger Bretterdielen erweckte, der Bildhauer, der das Marmorlegen überwachte, stand vor Problemen, mehrmals mußte ich einen Boden verwerfen, weil das Material zu erkennen war. Unter den Füßen lief die Heizung wie vorher, trotzdem ließ ich Kanonenöfen aufstellen, in einem ist eine Bar untergebracht, innen Palisander, die Getränke in Blechbüchsen, ein anderer birgt einen TV, der dritte Tonbandgeräte. Das Team arbeitete danach an den Dessins für die Tapeten, die Entwürfe wurden in Brokat ausgeführt.

Im Salon zum Beispiel hatte ich Wasserflecken-Look, dazu liefen Tonbänder mit Tropfgeräuschen, Ostwind fauchte an die Fenster, die übrigens eingearbeitete Sprünge aufwiesen, das Gartenzimmer hatte ein dezentes Schimmelpilzmuster, erhaben gearbeitet, dazwischen Details wie rohes Mauerwerk, bröckelnd, und der Plafond äußerst rissig. Bloß Viktor fiel aus der Rolle, als er das sah. Er lachte und stellte sich in einer unmißverständlichen Haltung, mir den Rücken

zuwendend, an eine Wand, und ich bemerkte, daß er
einen Anzug aus dem Warenhaus trug, so ein Ding
von der Stange, wie ich jetzt, nachdem ich einen
Slang-Kurs absolviert habe, sagen würde. Ich war
doch etwas geschockt und hatte Mühe, ihm klarzu-
machen, daß er zu weit ging. So direkt ist er manchmal, der Anzug war ordinär, man hätte meinen können, Viktor wohne in den Slums, andererseits be-
neidet mich Kitty um Viktor, er ist gerade 23, hat
mehrere Examen und eine Figur, die man sich nicht
vorstellen darf, seine Haut ist die reinste Seifen-
reklame.

Weil ich gerade von Viktor sprach, wie er da an der
Wand stand – ich muß auf unsere intimen Räumlich-
keiten zu sprechen kommen und bin auch in dieser
Hinsicht vorurteilslos. Der Komfort war wie ehedem,
warmes Wasser, jedoch, indem wir uns die physikali-
schen Gesetze nutzbar machten, entstand durch Spie-
gelungen und entsprechende Verkleidungen der Anschein, als säße man – Pardon – auf einem Balken in
wechselnder Landschaft, der Witterung ausgesetzt.

Wenn ich an diesen Sommer zurückdenke, unsere
Pläne, die Schwierigkeiten, denen wir bei ihrer Ver-
wirklichung begegneten – es war die glücklichste Zeit
seit meiner Kindheit. Nichts geht über eine schöpfe-
rische Tätigkeit, nichts ersetzt die Freuden, die ein
genialer Einfall zu hinterlassen imstande ist, und welche Empfindungen, als meinem Wagen vom Clan die
Nummer 1 zuerkannt wurde. Es war wundervoll zu
erwachen, der gewürfelte Damast, schon arbeitete das
Gehirn, um irgendeinen Gebrauchsgegenstand zur

77

Unkenntlichkeit umzuwandeln und die anderen damit zu übertreffen, denn an das Ausmaß meiner Phantasie kamen weder Kitty noch die Bakers, von anderen ganz zu schweigen. Da schritt ich durch meine Räume, auf Teppichen, die geflickt und zerfressen erschienen, stellte einen verspätet gelieferten Feldblumenstrauß auf den einfachen Tisch, sank staunend in Lederpolster, die wie Kunstleder aussahen mit künstlichen Beulen und heraushängendem Seegras aus Nylon, schaltete für die kybernetischen Ratten ein Programm zurecht, rückte die dreibeinigen Stühle und begab mich schließlich in die Küche, ohne einen von den Dienstboten getroffen zu haben, die freilich strenge Anweisung hatten, sich tagsüber nicht zu zeigen. Ein frugales Mahl wartete auf dem wachstuchbespannten Tisch, Butter in Margarinepapier, gemahlener sogenannter Gerstenkaffee, köstliche Gelees, der Herd qualmte wohlriechend. Viktor trat hinzu, statt seines Morgenmantels trug er einen auf Seide gearbeiteten unförmigen Trainingsanzug und handgenähte Schuhe mit Klappsohlen. Er lief unsicher und rief nach seiner Football-Zeitung. Ich suchte den Baderaum auf, um mich zurechtzumachen, wir waren nachmittags mit den Bakers zu einer Schrott-Party auf ihrem idyllischen Ascheplatz verabredet.

Ganz zweckmäßig entschied ich mich für Arbeits-Look. Ich hatte eine wundervolle Perücke mit Heu und Kletten auf platinblondem Grund, legte rissige, blaurandige Fingernägel an, heftete ein paar Schwielen aus anschmiegsamem Kunststoff in die Handflächen. Den Hals schmückte ich mit wenigen Hungerödemen, versah mich mit Schweiß-Eau-de-Cologne und stieg in einen Overall aus Brokat, sehr einfaches, zerschlissenes Modell. Darüber den Kanin-Nerz mit wundervoll angeordneten Mottenlöchern. Mein einziger Schmuck waren Sicherheitsnadeln aus Platin und ein goldener, anscheinend defekter Reißverschluß. Cinderella, sagte Viktor und küßte mir die blauen Lippen. Poor man, poor man, erwiderte ich, und wir kamen mit Verspätung in den Stall zu unserem Wagen. Die Party war umwerfend, trotzdem muß ich vorerst auf meinen Wagen zu sprechen kommen. Die Marke nennen wäre irreführend, so vollkommen war die Verwandlung. Eine Limousine, die spielend ihre 280 km/h schafft, auf allen Parkplätzen Ölpfützen hinterläßt und mit Klappergeräuschen ausgestattet wurde, daß jeder Nichteingeweihte die Türen aufreißen und sich hinausstürzen möchte. Beim Öffnen der Motorhaube glaubt man zu träumen, alles scheint mit Bindfäden und einem Ende Stacheldraht provisorisch zusammengehalten zu werden. Nicht nur die Ölpfützen schillern wie ein Regenbogen, auch die Karosse weist eine Vielzahl verschiedenartiger Lacke auf, wenn ich auch darauf bedacht war, einen vorwiegend monochromen Eindruck zu erzielen. Innen alles sehr schick und verkommen anmutend, doch bequem und vor allem sicher.

Die Tafel war im Freien gedeckt. Sah aus, als wäre vorher ein Stubenmaler an der Arbeit gewesen, das lange Brett auf zwei Böcken, das Tischtuch wie eine Tapetenbahn, diese Assoziationen drängten sich auf, ich hatte zu lange Handwerker im Hause gehabt. Die

Sitzgelegenheiten waren Kübelsessel, fast provisorisch, die Polsterung nicht sichtbar, wenn auch durchaus vorhanden. Wir blickten auf die Halde, ein Mei-
sterwerk, der Müll geschmackvoll drapiert, kostbare
Schrottplastiken, die künstlichen Ratten raschelten,
aus einer Tonne qualmte es bläulich. Das Geschirr
war einmalig. Blecheimerchen für die Hamburger
Aalsuppe, auf Holzscheiten Känguruhfilets, korsische
Drosseln in Lumpen geschlagen. Die Gläser hätten
vor Anbruch der Party eilig dem Gelände entrissen
sein können, nur Kittys Parfüm belästigte mich unter-
schwellig. Alles kann ich auf mich nehmen, nur keinen schlechten Geruch. Aber gut und schlecht sind
Kategorien, die wir uns längst abgewöhnt haben sollten, sagte Viktor. Er legte mir vor und bediente den
Musikautomaten, es klang fremd, Arbeitsgeräusche.
Kitty war halbbekleidet, sie saß uns gegenüber. Was
wollt ihr, sagte sie, ich trage Scharlach.
Wir fragten die Bakers nach ihren Nachbarn, ordent-
liche Leute mit guten Einfällen, wir waren an den
Häusern vorübergekommen, alle so ähnlich wie die
unseren, bedeutende Müllplätze, auf einem ein auf
Mischling getrimmter Hund. Wie wir damals nach
Hause gekommen sind, weiß ich nicht zu sagen, es ist
möglich, daß wir noch ein Schlammbad genommen
haben, aber ich kann das mit einer anderen Gesellschaft verwechseln, dann die Party bei mir, wir lern-
ten ein paar neue Gesichter kennen, sprachen davon,
daß unsere Idee wert gewesen wäre, gegen Nach-
ahmungen versichert zu werden, einigten uns jedoch,
ein karitativer Lebensstil bedürfe dergleichen nicht. Es

80

sei vielmehr eine Ehre, meilenweit Nachahmer zu finden.

Ein Vierteljahr ging ins Land, das knapper zu werden begann für Leute unseres Schlags, die Barackenvillen und Trümmergrundstücke rückten näher. Nicht alle Besitzer bewiesen Geschmack, man konnte hin und wieder negroides Make-up sehen, wir glaubten an Kinderkrankheiten bei solchen Entgleisungen. Hatte nicht Viktor in unserer engeren Umgebung ein Beispiel dafür gegeben? Auch hätten manche unserer Nachbarn etwas weniger eifrig Slang zu sprechen brauchen – wir bewiesen Toleranz und lebten für uns, genossen den Sommer, unsere sumpfigen Parks. Ich legte noch eine großartige Scherbensammlung an, ließ Porzellan aus aller Herren Ländern besorgen, das ich sorgfältig zerlegte, korrespondierte mit verschiedenen Museen um wertvolle Funde und merkte kaum, daß eine Schlechtwetterperiode begann, die uns zwang, in den Häusern zu bleiben. Ich glaubte, mein Leben würde so traumvoll bleiben. Eines Tages, nach drei Wochen Regen bemerkte ich, wie eine der kybernetischen Ratten eine andere besprang. Ich erschrak, das hatten sie niemals getan, ihr Programm sah es nicht vor. Aber ich beachtete den Vorgang nicht, eine technische Störung.

Wir hatten uns gerade, zwei Tage nach diesem Vorfall, zu einem Gipsy-Dinner in meiner Küche zusammengefunden, als wir von der Parkseite laute Stimmen zu hören glaubten. Es klang wie ein Krawall, wir beachteten den Lärm nicht, ähnliche Musikstücke waren hier in Mode geraten, wir gaben uns einem Olivengericht hin, außerdem verbot der Regen die Sicht. Kitty fragte, ob ich neue Ratten besorgt hätte. Ich fragte Viktor, ob er ihre Zahl vermehrt hätte, aber bevor er noch antworten konnte, kroch eine aufs Kaminfeuer zu und warf ein Knäuel Junge.

Wir hörten wieder das Krawallstück, es kam näher, der Park dröhnte, da barsten die Türen, unsere Nachbarn stürzten in gewagter Aufmachung herein. Sie mußten irrsinnig sein, liefen durch das ganze Haus, andere, uns nicht bekannte Nachbarn, hinter ihnen, schwere Wagen fuhren heran, die Lampen erloschen, wir wurden zu Boden geschleudert. Wasser, Wasser strömte herein. Als es nachließ, spürte ich einen Schlag auf den Kopf und verlor die Besinnung.

Ich erwachte hinter vergitterten Fenstern, draußen regnete es immer noch. Ich lag auf dem Fußboden inmitten der anderen. Wo war ich? Wessen Party konnte das sein? Dicht neben mir waren zwei Frauen – aber das war doch absurd, richtige Negerinnen, die Kleiderfetzen Fetzen, die Sicherheitsnadeln kein Platin. Sie schwatzten ordinär und betrachteten ihre schwarzen, mit noch dunkleren Flecken versehenen Gesichter in einer Spiegelscherbe. Als sie merkten, daß ich nicht schlief, hielten sie mir die trübe Scherbe entgegen. Zuerst bezweifelte ich, daß der Spiegel ein Spiegel war. Ich sah aus wie die beiden ... ersparen Sie mir, darüber zu reden. Gott sei Dank kam in diesem Augenblick Kitty, schmutzig, blaugeschlagen, die Haare zerrauft, ich konnte an kein Make-up mehr glauben, das war ekelhaft. Sie sprach mühsam mit

geschwollenen Lippen. Ein Zahn fehlte ihr, sie erklärte unsere Lage. Die ungebildeten Menschen um
uns, und in den Nachbarzellen saßen noch mehr, unsere Freunde wahrscheinlich irrtümlich darunter wie
wir hier, waren wirkliche Slum-Bewohner, denen die
Möglichkeit abging zu unterscheiden, die nicht genügend Grips hatten, um zu bemerken, daß es sich bei
unseren Häusern um phantasievolle Imitationen handelte, unseren Kleidern Entwürfe erstrangiger Künstler zugrunde lagen. Die Slums hatten uns einfach um-
wachsen. Während des Regens kam es zu Krawallen,
die wir irrtümlicherweise für Musik hielten, schließlich mußte die Polizei, man darf ihr keinen Vorwurf
machen, als sie in unser Haus kam, war durch das
Wasser bereits alles unkenntlich geworden, außerdem
konnten wir alles schnell aufklären und die Zellen
verlassen, mit Wasserwerfern und später Schlagstök-
ken eingreifen.
Wir zogen in ein Hotel, Viktor sprach zwei Wochen
kein Wort. Dann betrank er sich, er ist weicher, als er
erkennen läßt. Wir wollen diese Gegend verlassen
und von vorn beginnen.

Schweinfurter Grün oder
Wir Privilegierten

Bernhard gibt einen Dichter heraus, dessen Nachlaß
in Schweinfurt liegt. Über sieben fremde Städte fährt
er dorthin, besichtigt die Reeperbahn und den Bun-
destag, erwirbt eine elektrische Schreibmaschine, steht
vor dem Zoll mit einem Koffer, dem gerade der Hen-
kel abreißt. Volker sieht die Karibische See. Heinrich
Müller überfliegt den Mississippi. Christa mußte den
Aufenthalt in Großbritannien absagen, weil sie den
Maler hat. Ulli ließ sich von einem Schweizer Indus-
triellen im Privatflugzeug auf einen Gletscher fliegen
und erhielt eine goldene Uhr. Ich habe Pläne in
Kreuzberg, Rotterdam und am Gestade des Zürcher
Sees. Bis es soweit ist, beobachte ich das Eis auf
der Spree. Manchmal stauen sich die Schollen von
der Unterwasserstraße bis zur Mühlendammbrücke.
Mommsen hat Schnee im aufgeschlagenen Buch und
hält den Studenten am Eingang den Daumen. Er ver-
wittert schneller als früher. Die Abgase, der Smog, die
Tauben, die Trauerwürmlin, die bohrenden Algen,
die Freibriefe, Herzflimmern, Drohbriefe, Feuer-
werkskörper, sog. Februarsterne.
Und die besonders schön gelungenen Wachaufzüge
am Donnerstag nachmittag.

Jagdzeit

Jean-Claude ist Musiker, und ich habe ihn auf dem Pressefest der Humanité kennengelernt. Er besorgte mir eine Karte für die Mikis-Theodorakis-Matinee und lud mich anschließend in die Provence ein.

Er holte mich dort von einer kleinen Bahnstation ab, und wir sind zu einer vormaligen Brieftauben-Zentrale gefahren. Die Bewohner gehörten einer Kommune an, darum müßten wir uns nicht kümmern, sagte Jean-Claude, und wenn man davon absieht, daß er ziemlich oft zum Möbeltragen gebeten wurde, andauernd zog jemand aus, oder es traf ein neues Mitglied ein, so lebten wir fast wie in einer Pension.

Natürlich habe ich versucht, die Küche in Ordnung zu bringen. Aber am nächsten Abend wurden die Schubladen ausgeschüttet, die Schränke abtransportiert, und das Geschirr stand für Wochen in einer Ecke des Raumes.

Jean-Claude spielte Trompete und hatte gesagt, kaum sitzen die Menschen am Wasser, so trübt es sich schon. Dergleichen hatte ich in Leipzig niemals gehört, aber von Wasser war nichts zu sehen, als wir durch den Pinienwald und in die Weinberge gingen. Es gab bizarre Felsen in der Entfernung, die eine große Ähnlichkeit mit mürben Zahnreihen hatten. Der Himmel war gewölbt wie ein spitzes Ei, und das Licht stürzte apokalyptisch über die Wolken hinweg, ich spürte es am ganzen Körper. Schwarze Schmetterlinge und Zikaden mit roten Flügeln begleiteten uns, die Brombeeren zischten. Jetzt sah ich zu beiden Seiten des Pfads den berühmten Maquis, undurchdringliches Dornengestrüpp, welches die Résistants dem Zugriff der Häscher entzog.

Bevor wir den Kammweg betreten konnten, der geradewegs auf eine Wetterwarte hinführte, mußten wir eine exotische Gesellschaft passieren lassen. Fünfzehn englischsprechende Reiter und Reiterinnen mit gelben Sturzhelmen auf den wehenden Haaren. Das schönste Tier, eines mit einer sternförmigen Blesse, trug Oskar Matzeraths Schwester. Ein dunkler und ein weißer Setter umkreisten die Gruppe in hoher Geschwindigkeit. Die englischsprechenden Reiter warnten uns. Im Wald würde geschossen, sie hätten ein Pferd verloren. Tatsächlich sahen wir auf einem Rappen Zwillinge thronen.

Wir schritten den Hang hinauf und hörten gelegentlich Schüsse. Es kam darauf an, den Pfad nicht zu verlassen und sich durch lautes Sprechen bemerkbar zu machen. Während der Jagdzeit, schrie Jean-Claude mir ins Ohr, sind die Franzosen in Trance und feuern auf jedes Blättchen, das sich in der Hitze bewegt. Frauen binden ihren Kindern, Katzen und Hunden Glöckchen um den Hals, schrie ich zurück, wenn sie das Haus verlassen.

Als wir nach einer Stunde hinter der Wetterwarte ein kleines Plateau erreichten, stand die Sonne im Zenit des weißgesalzenen Himmels, und es wäre ohne weiteres möglich gewesen, die wohlbekannten Spiegel-

eier auf den Felsen zu braten. Thymian, Estragon und
Rosmarin wuchsen einen halben Schritt weiter.

Zu unseren Füßen befand sich jäh eine Schlucht. Das
Echo polternder Steine überschlug sich, obgleich wir
uns schon eine Weile gar nicht bewegten. Die Aka-
zienkronen reichten bis an unsere Knie. Wir warfen
eine Münze, wer zuunterst liegen sollte, wegen der
heißen Steine. Zahl Pferd und Kopf Reiter, da warf
ich Kopf.

Und konnte so trotz aller Bewegung einen Blick in
den Abgrund tun. Die Baumleiber erschienen wie aus
Stein gehauen oder auch von Zement gegossen. In
einem Vogelnest sah ich fünf Turteltauben sich wie-
gen. Nachher malten wir uns aus, was wir sagen würden, wenn wir plötzlich einem nackten Mann auf
dem Fahrrad begegnen würden. Das ist das Schöne an
diesem Land, sagte Jean-Claude, niemand wäre er-
staunt. Man würde ein paar Worte über das Wetter
wechseln und sich das Beste wünschen.

Wir waren dabei, dem Unbekannten eine Familie an-
zuhängen, die halberwachsenen Töchter mit roten
Haaren und grünen Badesandalen auf einem Tandem,
als ein schaudervolles Geheul hervor aus der Schlucht
quoll. Ein Wolf konnte das nicht sein, eher ein Hund,
der von einem wilden Schweine getäuscht auf seinen
Eingeweiden jetzt stand.

Zwei Männer kamen den Berg herauf. Sie hatten
Patronengürtel über ihre durchschwitzten Hemden
geschnallt und trugen Gewehre, einen Finger am
Abzug. Ihnen voraus lief eine Hündin mit niederhän-
gendem Gesäuge und witterte immer wieder weit in

die Schlucht. Dem älteren der Männer, einem voll-
gefressenen Schlitzohr, baumelten mehrere Dutzend
kleiner bis mittelgroßer Vögel von seiner Jagdtasche
nieder. Wachteln, Schnepfen, Drosseln und Ammern.
Weil die Hündin ihrerseits zu heulen einsetzte und
unsere Knochen ob der verdoppelten gräßlichen
Laute zu klappern begannen, empfahlen wir uns der
Landschaft, folgten den Spuren der englischen Reiter.
Am Abend saßen wir allein vor dem Haus. Unsere
Mitbewohner waren in kleinen Autos, von denen einige wie Regenumhänge auf Rädern aussahen, nach
O. zu einem Vortrag «Praxis und Widerspruch» gefahren. Es leuchtete ein großartiger Halbmond, und
die Nacht war so klar und sternenreich, wie ich sie
niemals gesehen hatte. Doch mir war es trüb zumute,
weil ich am nächsten Tag abfahren sollte, meine Papiere ließen nichts anderes zu. Jean-Claude pfiff «I'm a
train» und ging mit mir ins Haus. Bevor er die Tür zu
unserem Zimmer öffnete, hörten wir Sonderbares
darin. Es klang, als würde ein Tonband bald schneller,
bald langsamer vor- und zurückgespult. Das Zimmer
war voller Vögel. Jean-Claude nahm die Trompete
vom Bette auf und spielte einen langsamen Satz von
Fasch. Die Vögel saßen auf unseren Köpfen und
Schultern und begleiteten ihn auf das Zauberhafteste.
Jean-Claude ging zur Marseillaise über. Es kamen
Spechte zum Fenster herein und machten die Pauke.
Pirole, seltenste Racken und ein Kreuzschnabel saßen
auf dem Giebel des französischen Bettes, sangen, was
das Zeug hielt.

Jean-Claude schenkte mir eine Kassette mit dieser Musik, und wenn ich sie im Herbst abspiele, höre ich die Schüsse im Hintergrund, denen wir die Vögel verdankten.

Am nächsten Morgen standen wir in der ausgeräumten Küche, tranken Kaffee und lasen im lokalen Teil der kleinen Zeitung die Todesanzeigen. Madame Thérèse, die den Brieftauben seit fünfzig Jahren die Arbeit abnahm, wollte beschwören, daß es sich bei neun von zehn Leichen um solche handelte, die es durch einen Jagdunfall wurden. Von den Hunden zu schweigen. Wir hörten unsere Rebhühner einfliegen, und ich gab den Katzen ihre täglichen Schlaftabletten.

Im Nebel bin ich abgereist, das Jagdhorn gellte noch. Auf dem Bahnhof von C. biegen die Gleise so stark nach Norden ab, daß ich von Jean-Claude bald nur noch einen winkenden Arm sah. Als ich mich gefaßt hatte, war ich durch das schwarze Burgund und zwölf Tunnel gefahren.

Nachwort

Mit der «ersten Hälfte meines Landes», von der Sarah
Kirsch ironisch-wehmütig im Untertitel dieses
Buches spricht, ist natürlich die DDR, der *«erste
Arbeiter- und Bauernstaat auf deutschem Boden»*, gemeint,
in dem die Autorin, geboren 1935 im Harz, eine
solide schriftstellerische Ausbildung am Johannes-
R.-Becher-Institut in Leipzig genoß und schon bedeutende Erfolge als Lyrikerin feierte, ehe sie 1977
ausgebürgert wurde und in die zweite Hälfte ihres
Landes überwechselte.
Die Erzählungen, die 1973 in dem kleinen satirischen
Eulenspiegel-Verlag erschienen, gehören zu ihren
letzten Publikationen in der DDR und markieren
ziemlich genau die Grenze dessen, was gerade noch
veröffentlicht werden konnte, wenn es als Humor
und «Eulenspiegelei» getarnt wurde. In ihrem eigentlichen, dem Aufbau-Verlag publiziert, wären die
Texte von der Zensur mit anderen Augen gelesen
worden. So aber ließen sich Anspielungen auf Mauer
und Schießbefehl etwa, als Rede von «Grenzsolda-
ten» und «feindlicher Kugel» obskur verdreht («Merkwürdiges Beispiel weiblicher Entschlossenheit»),
gerade noch durchschmuggeln, während die letzten
beiden Erzählungen («Jagdzeit» und «Schweinfurter
Grün»), in denen Sarah Kirsch die Reiseprivilegien
der Schriftsteller, Versorgungsengpässe und andere
Widersprüche des sozialistischen Alltags allzu genau
benennt, für den Band schon nicht mehr geeignet

waren und hier zum ersten Mal in der Sammlung erscheinen.

Die Satiren beschränken sich freilich nicht auf DDR-Themen allein; vielmehr zielt, was die Autorin zum Verhältnis der Geschlechter anmerkt («Blitz aus heiterm Himmel»), zu übersteigerten Formen gesellschaftlicher Anpassung («Der Schmied von Kosewalk», «Die helle Straße») oder gar zur Tarnung von Klassengegensätzen im Kapitalismus («Ein anderes Leben»), auf durchaus systemüberschreitende Paradoxien der modernen Zivilisation. Letztere Erzählung, die auf verblüffend prophetische Weise Punk und Lumpenmode vorwegnahm, die es seinerzeit noch gar nicht gab, ließe sich ebenso als ironisches Zerrbild der kommunistischen Propaganda vom dekadenten Westen lesen wie als dialektisches Phantasiestück über den diskreten Charme der Bourgeoisie.

Die Texte irisieren zwischen vielfältigen satirischen Absichten, zu denen schließlich und nicht zuletzt auch die Literaturparodie gehört. Der eigentliche Trick nämlich, mit dem Sarah Kirsch ihre Kassiber an der Zensur vorbeischmuggelte, besteht in der scheinbar perfekten Anpassung an die herrschende Kunstdoktrin des sozialistischen Realismus, die dabei freilich gleichzeitig entlarvt wird. Super-Anpassung als Strategie des Überlebens wie der Unterwanderung ist das heimliche Thema, das die Erzählungen nicht nur im Psychologischen, sondern auch in der literarischen Methode verbindet. Es ist das aus dem Sozialismus selbst gewonnene Prinzip der Übersollerfüllung, mit dem das Plansoll als absurd denunziert wird.

Für den westlichen Leser, dem die staatliche Literatur-
theorie der sozialistischen Länder weniger vertraut ist,
soll im folgenden versucht werden, die Strategie der
Autorin an einzelnen Beispielen zu verfolgen. Der
sozialistische Realismus fußt vornehmlich auf zwei
durchaus verschiedenen, aber durch seine historische
Entwicklung miteinander eng verknüpften Forderungen: Zum einen will er den Künstler auf strikte Parteilichkeit im Sinne des Marxismus-Leninismus, zum
anderen auf einen ästhetischen Formenkanon überwiegend des 19. Jahrhunderts verpflichten, nämlich
vor allem von *«modernistischen»* und volksfernen Ex-
perimenten fernhalten. Die offiziellen Definitionen
pflegen mit dem Auf und Ab der Kulturpolitik peri-
odisch zwischen größerer Liberalität und strikter Re-
pression zu schwanken; doch gilt stets, was Otto Gro-
tewohl, der erste Ministerpräsident der DDR, kurz
und bündig formulierte: *«Die Idee in der Kunst muß der
Marschrichtung des politischen Kampfes folgen.»*
Der Beschluß einer verbindlichen Kunstrichtung in
Literatur, bildender Kunst und Musik erfolgte erst
1932 durch das Zentralkomitee der KPdSU; doch
gehen die theoretischen Überlegungen bis ins vorige
Jahrhundert und auf die Klassiker Marx und Engels
zurück, an deren Kunstgeschmack wie an den großen
Realisten der deutschen, französischen und russischen
Literatur sich die ästhetischen Normen orientierten,
die später von Parteiideologen wie Andrej Schdanow
und Georg Lukács mit unterschiedlicher Verbindlich-
keit ausformuliert wurden. Die *«Pflege des kulturellen
Erbes»* ist daher eines der Schlagworte, mit dem die

Doktrin aufzutrumpfen pflegt und dem auch Sarah Kirsch ironisch-kokette Reverenz erweist, wenn sie ihren Erzählungen klassische Novellentitel («Merkwürdiges Beispiel weiblicher Entschlossenheit») gibt, den Eingang einer klassischen Novelle nachahmt («Die ungeheuren bergehohen Wellen auf See») oder Aufbau und Konstruktionsprinzipien der Gattung im ganzen parodiert («Der Schmied von Kosewalk»). Diese letztere Geschichte hat sogar ihren «Falken»; charakteristischer- und satirischerweise als Motiv aus der Arbeitswelt, nämlich mit dem modernen Maschinenhammer, der bis ins Obergeschoß und das Zimmer der Tochter ragt.

Unterschiedliche Schriftsteller haben in der Geschichte des sozialistischen Realismus unterschiedliche Wege beschritten, sich der Theorie anzupassen oder der Anpassung auszuweichen. Bertolt Brecht zog es vor, dem Staat zu geben, was des Staates war, um im Schutze von offiziell geschätzten Äußerungen wie etwa folgender Paraphrase des Parteijargons seinen eigenen dichterischen Zielen nachgehen zu können: *«Volkstümlich heißt: den breiten Massen verständlich, ihre Ausdrucksform aufnehmend und bereichernd/ ihren Standpunkt einnehmend, befestigend und korrigierend/ den fortschrittlichsten Teil des Volkes so vertretend, daß er die Führung übernehmen kann, also auch den andern Teilen des Volkes verständlich/ anknüpfend an die Traditionen, sie weiterführend/ dem zur Führung strebenden Teil des Volkes Errungenschaften des jetzt führenden Teils übermittelnd.»*

Der expressionistische Dichter Johannes R. Becher

und spätere Kulturminister der DDR, nach dem das Literaturinstitut benannt ist, das auch Sarah Kirsch besuchte, hat sich kurz vor seinem Tode warnend und bitter über die Trivialitäten geäußert, die aus sklavischer Anwendung des sozialistischen Realismus entspringen müßten. Seiner Feder entstammten immerhin einige der bizarrsten Huldigungen der neuen Doktrin; in einem vielzitierten Gedicht rief er dem Dichter zu: *«Das Hüttenkombinat/ruft dich,/der Traktor/ fordert dich an:/sei auch du ein Kraftwerk!»*

Die Kenntnis solcher und anderer, ärgerlicher oder gerne belächelter Kniefälle und Verbeugungen konnte Sarah Kirsch bei ihren Lesern voraussetzen, als sie daran ging, alle Anpassungsleistungen noch einmal ironisch zu überbieten und den geforderten *«positiven Helden»* ins schier Unglaubliche, Unglaubwürdige zu steigern wie in der vierten Erzählung dieses Bandes, wo die Heldin um des gesellschaftlichen Friedens willen sogar auf den Geliebten verzichtet. Was die offizielle Literaturgeschichtsschreibung über Brechts «Kaukasischen Kreidekreis» verlautet, ergibt zugleich den, hier freilich ins Kuriose verdrehten, Vorwurf für den «Schmied von Kosewalk»: *«Die dargebotene Legende zielt auf die Schlichtung sozialistischer, d.h. nichtant- agonistischer Streitigkeiten und auf den größtmöglichen ge- sellschaftlichen Nutzen.»* Im Paradies des Sozialismus kennt auch das Privatleben keine unlösbaren Konflikte, bürgerliche Eifersucht oder altmodische Bitterkeiten.

Es gehört zu den trivialen Zügen der sozialistischen Literatur, daß sie dazu neigt, sich aus dem Fundus der staatlich geforderten Klischees wie aus einem Baukasten zu bedienen. Das Kompositionsprinzip aus ideologischen Versatzstücken wird von der Autorin vielfältig persifliert. Wo vom *«positiven Helden»* und dem *«neuen Menschen»* im Sozialismus die Rede ist, muß der Leser auf Allmacht und Güte des *«Kollektivs»* nicht lange warten; in der Titelerzählung («Die ungeheuren bergehohen Wellen auf See») nimmt es sogar Vaterstelle ein bei dem wider Willen der Mutter, aber ebenfalls kollektiv gezeugten Kinde.

Schließlich fehlt auch die parodistische Schrumpfform des sogenannten *«sozialistischen Entwicklungsromans»* und seiner Bekehrungslegenden nicht. Die emanzipierte Heldin, die auf der Suche nach einem Kind jenes «Merkwürdige Beispiel weiblicher Entschlossenheit» gibt, neigt zunächst einem bedenklich revisionistischen Standpunkt zu: «Sie glaubte an Vererbung ebenso wie an den Einfluß einer sozialistischen Umwelt auf das Kind.» Zum guten Ende beschließt sie jedoch, «die Vererbung nun weit hinter den Einfluß der Umwelt zu setzen und ein Kind zu adoptieren». Aber welche gesellschaftliche Erfahrung hat sie zur reinen marxistischen Lehre der Milieutheorie bekehrt? Die Unmöglichkeit, einen zeugungswilligen Vater zu finden. «Alle wollen ein Beispiel, sagte Frau Schmalfuß sich, aber keiner will es geben.»

Das *«Beispiel»* richtigen Bewußtseins und gesellschaftlicher Moral, das der positive Held zu geben hat, gehört ebenfalls zu den klassischen Forderungen und dramaturgischen Klischees des sozialistischen Realismus. Nur daß in diesem Fall die gesellschaftliche

Moral des einen Beispiels, das die Heldin zu geben versucht, und des anderen, das sie schließlich gibt, quer steht zu der Gesellschaft der DDR und ihrer Moral, die jedenfalls Anfang der siebziger Jahre noch eine durchaus kleinbürgerliche war. Aber die Autorin läßt es mit dem unerquicklichen Zwiespalt nicht bewenden, der hier zwischen Theorie und Praxis aufzureißen droht; sie geht noch einen Schritt weiter und zieht das geheiligte Attribut *«gesellschaftlich»* in einen gleichzeitig untadeligen wie pornographieverdächtigen Zusammenhang: indem die Heldin «gerne mit dem Vogel über eine andere gesellschaftlich hart anstehende Sache geredet hätte».

Zu solchen und anderen, teils verblümteren, teils offeneren Anspielungen konnte sich Sarah Kirsch gelassen auf Friedrich Engels berufen, der in seinen Pamphleten «Deutscher Sozialismus in Versen und Prosa» vor kleinbürgerlicher Moral warnte, *«den stolzen, drohenden und revolutionären Proletarier»* forderte und zum Beispiel den Dichter Georg Weerth für den *«Ausdruck natürlicher, robuster Sinnlichkeit und Fleischeslust»* rühmte. Mit diesem Fund hat die Autorin genüßlich gewuchert, insbesondere in der Erzählung «Blitz aus heiterem Himmel», wo sie freilich das Klischee vom sinnenfrohen Proletarier aufs absurdeste mit einem weiteren Klischee verschränkt. Es ist nämlich durchaus nicht nur übermütige Laune, wenn das verliebte Paar seine Orgasmen mit einer mathematischen Formel berechnet; vielmehr: *«Die Aneignung der wissenschaftlichen Weltanschauung spielt in diesem Zusammenhang eine außerordentlich wichtige Rolle.»*

Für ihre Kritik an dem notorischen Gerede von der *«wissenschaftlichen Weltanschauung»* hat die Autorin hier ein amüsantes Mißverständnis inszeniert. In einem anderen Zusammenhang spielt jedoch die Forderung nach Wissenschaftlichkeit als *«Korrektiv zu den empirisch wahrgenommenen Fakten»* eine große Rolle und wird von Sarah Kirsch in den kuriosen statistischen Eingangsüberlegungen zu der Erzählung parodiert. *«Das Problem des Typischen ist das zentrale Problem des sozialistischen Realismus; eben hier entscheidet sich die Frage der künstlerischen Verallgemeinerung und der Parteilichkeit der Kunst»*, heißt es bei einem sowjetischen Theoretiker. Das Problem des Typischen muß sich freilich bei einer Geschlechtsumwandlung, plötzlich wie ein «Blitz aus heiterm Himmel», mit einiger Dringlichkeit stellen. Wie soll es da um die Parteilichkeit und künstlerische Verallgemeinerung stehen? Das Faktum wird erst unter der Dusche und mit gelassener Heiterkeit wahrgenommen: «Max fühlte das Wasser im Rücken kälter werden und hielt das dritte Bein in die Luft.»

Auch der Kalauer, den Sarah Kirsch hier und gelegentlich sonst benutzt, dient nicht nur den getarnten Schlüpfrigkeiten, die ihren Erzählungen seinerzeit zu einem außerordentlichen Publikumserfolg verhalfen, sondern erfüllt wiederum ein Klischee des sozialistischen Realismus: die schon von Brecht gerühmte Volkstümlichkeit, die offiziell gar nicht hoch genug geschätzt, darum aber um so leichter satirisch mißbraucht werden kann. *«In der Folklore erblickte Gorki»*, auf den sich die Theoretiker des sozialistischen Realismus seit seiner berühmten Rede vor dem ersten sowjetischen Schriftstellerkongreß 1934 mit Vorliebe berufen, *«dasjenige in historisch-optimistischer Vorwegnahme und in symbolischer Verallgemeinerung, was mit Anbruch der sozialistischen Ära real zu vollziehen und konkret zu gestalten war.»*

Realer Vollzug und konkrete Gestaltung *desjenigen* sind natürlich auch die Gesänge des «Schmieds von Kosewalk», der «nach einigen Klaren seltsame Lieder» vorträgt, unter anderem über «das Partisanenleben», wiederum ein außerordentlich wichtiges Klischee, Stichwort *«antifaschistischer Widerstandsroman»*. Beiläufig erfüllt die Autorin eine programmatische Forderung nach der anderen und macht sie gleichzeitig ihren erzählerischen Zwecken dienstbar. Die Lieder des Schmieds, die in Moll komponiert, aber in Dur gesungen wurden, erfüllen zwanglos die solide dramaturgische Funktion einer symbolischen Vorwegnahme der Handlung. Ähnlich sind viele Klischees und ihre Parodie in einer höheren erzählerischen Ordnung aufgehoben.

Das ist freilich nicht nur Artistik, sondern verdankt sich einer bitter empfundenen Notwendigkeit, nämlich der reinen Anspielung und Rede nur für DDR-Leser zu entkommen, die schon jenseits der Grenze und in den deutschsprachigen Ländern des Westens nicht mehr verstanden werden kann. Der provinzialisierende Einfluß der Zensur, der selbst noch in der parodistischen Unterwanderung wirksam werden kann, ist vielen DDR-Schriftstellern die Bedrohung, die hinter äußeren Anlässen und Repressalien der

99

tiefste Grund für sie wird, den Weg in den Westen zu suchen. Wenige Jahre bevor Sarah Kirsch ihr Gesuch um Ausbürgerung einreichte, dem auch sogleich mit hörbarem Aufatmen des Regimes entsprochen wurde, ist es ihr in den vorliegenden Erzählungen noch einmal gelungen, der offiziellen Kunstdoktrin gleichzeitig zu entsprechen, sie in der ironischen Überbietung zu entlarven und in eine Prosa zu überführen, die nicht nur dem DDR-Milieu, sondern der deutschen Literatur gehört.

Jens Jessen

Die kursiv gesetzten Zitate sind überwiegend folgenden Publikationen entnommen:

Autorenkollektiv: Künstlerisches Schaffen im Sozialismus. Hrsg. vom Institut für Gesellschaftswissenschaften beim ZK der SED (Lehrstuhl für marxistisch-leninistische Kultur- und Kunstwissenschaften). Berlin 1975.

Georgi Dimow, Alexander L. Dymschitz u. a. (Hrsg.): Internationale Literatur des sozialistischen Realismus 1917–1945. Aufsätze. Veröffentlichung der Akademie der Künste der Deutschen Demokratischen Republik. Berlin u. Weimar 1978. (Beiträge zur Geschichte der deutschen sozialistischen Literatur im 20. Jahrhundert)

Harri Jünger (Hrsg.): Der sozialistische Realismus in der Literatur. Von einem Autorenkollektiv unter Leitung von Harri Jünger. Leipzig 1979. (Einführungen in die Literatur- wissenschaft in Einzeldarstellungen)

CIP-Kurztitelaufnahme der Deutschen Bibliothek

Kirsch, Sarah:
Die ungeheuren bergehohen Wellen auf See:
Erzählungen aus d. 1. Hälfte meines Landes /
Sarah Kirsch. Mit e. Nachw. von Jens Jessen. –
Zürich: Manesse Verlag, 1987.
(Manesse Bücherei ; Bd. 6)
ISBN 3-7175-8108-2
NE: GT

Buchgestaltung
Brigitte und Hans Peter Willberg, Eppstein

Copyright © 1987 by Manesse Verlag, Zürich
Mit freundlicher Genehmigung der
Deutschen Verlags-Anstalt GmbH, Stuttgart
Alle Rechte vorbehalten